蜻蛉日记

[日]藤原道纲母 著

楚永娟 译

青岛出版集团 | 青岛出版社

图书在版编目（CIP）数据

蜻蛉日记 /（日）藤原道纲母著；楚永娟译．— 青岛：青岛出版社，2022.5
ISBN 978-7-5552-2794-6

Ⅰ.①蜻…　Ⅱ.①藤…　②楚…　Ⅲ.①散文—日本—现代　Ⅳ.①I313.65

中国版本图书馆 CIP 数据核字（2021）第 190316 号

QINGLING RIJI

书　　名　蜻蛉日记
著　　者　[日] 藤原道纲母
译　　者　楚永娟
出版发行　青岛出版社（青岛市崂山区海尔路 182 号，266061）
本社网址　http://www.qdpub.com
邮购电话　0532-68068091
策　　划　左美辰
责任编辑　左美辰
封面设计　李在白
照　　排　青岛新华出版照排有限公司
印　　刷　青岛双星华信印刷有限公司
出版日期　2022 年 5 月第 1 版　2022 年 5 月第 1 次印刷
开　　本　32 开（889mm × 1194mm）
印　　张　10
字　　数　140 千
印　　数　1—4000
书　　号　ISBN 978-7-5552-2794-6
定　　价　99.00 元

编校印装质量、盗版监督服务电话　4006532017　0532-68068050
上架建议：日本文学　日记文学　和歌　散文

译者序

藤原道纲母及蜻蛉日记

日本平安时期（794—1192年）的文学是日本古典文学史中大放异彩的一页，常被称为『王朝文学』。在平安时期特殊的社会与时代背景下，贵族女性才媛辈出，留下了诸多传世佳作，她们使用假名创作的情感细腻的和歌、自然清新的随笔、哀婉曲折的物语、倾诉私情的日记文学等，与男性创作的汉文学等共铸了『王朝文学』的繁荣与多彩。提到日本平安时期的女性文学，人们会首先想到被誉为王朝女性文学双璧的紫式部的源氏物语与清少纳言的枕草子。但与这两部作品属于同时期，而成书时间稍早的蜻蛉日记（かげろふのにき，约成书于974年），被视为女性日记文学的嚆矢与代表作，给其后的王朝女性文学带来了极大影响。被称为『王朝女流日记』

的作品，另有和泉式部日记（约 1008 年）、紫式部日记（约 1010 年）、更级日记（约 1059 年）、赞岐典侍日记（约 1108—1110 年）等。此类日记文学助推了平安时期文学的繁荣，在日本文学史上占有举足轻重的地位，在世界古代文学史上也是独树一帜的。

日本王朝女性文学的繁荣，既取决于创作主体的创作意识及文学素养，也离不开当时的社会文化语境。以藤原家族为中心的摄关〔一〕的确立，使得平安贵族十分重视女性的教育，这也使贵族女性们拥有很高的文学造诣与审美情趣。但在一夫多妻的婚姻状态下，男性可以与多名女子保持情爱关系，女人却不可能得到自己所依赖的男人的全部的爱，总是生活在不安中。另外，贵族男女结婚后，通常双方依然住在各自家中，晚上丈夫才会来到妻子身边，有了孩子后，继续分居或者男方住进女方家，只有少数女性能荣幸地入住丈夫府邸。这种『走婚制』又加深了女性的孤独与苦闷，女性只能在狭小的空间内被动等待丈夫的到来。她们虽置身于华丽的上层社会，却被挡在政权体制之外，无权过问政治，这样一来男女关系几乎成了『世』（よ）的全部。一方面为了留住男人，她们祈祷多生子，嫉妒诅咒其他女性，给男子送去饱含深情的诗

〔一〕摄关，即摄政与关白。887 年宇多天皇即位时，对群臣说：『政事万机，概关白于太政大臣。』关白之称由此而来。当时的关白是藤原基经。以后凡幼君即位后，以太政大臣摄政，都叫关白。幕府制兴起后，权移将军，关白失去作用。

歌；另一方面，封闭的空间也使她们得以聚焦私人世界，进行自我观照，或者在文字的世界中倾诉自己的嫉妒、愤恨、不安、无助。在对上层贵族社会的憧憬与批判中，地方官阶层出身的贵族女子们在孤寂与不安中创造出了反映鲜活人性的日记文学。

一、蜻蛉日记作者藤原道纲母

蜻蛉日记作者藤原道纲母与大多数平安时期的女性作者一样，实名不详，于承平六年（936年）出生，推测于长德元年（995年）去世。据和歌色叶集、尊卑分脉等文献的记述，藤原道纲母有『本朝三美人』之称。她才貌双全，拥有卓越的艺术天赋和良好的教养，日本平安后期的历史小说大镜称其『极擅和歌』。天历八年（954年），藤原道纲母与右大臣藤原师辅的三男藤原兼家结婚，并于翌年生了儿子藤原道纲，故通常被称为『藤原道纲母』，或者简称『道纲母』。在八云御抄、拾遗集、拾遗抄等书中，根据其子藤原道纲的官名也被称为『右大将道纲母』『中纳言道纲母』『东宫大夫道纲母』『大纳言道纲母』等。

与道纲母结婚时，藤原兼家26岁，官职还是职位不高的右兵卫佐（律令制下保护皇族职能的右兵卫府的辞官次官，正六位下），但从康保四年（967年）冷泉帝即位以来，官位逐渐上升，开始活跃于政界，历经曲折，最后位居最高职位的摄政太政大臣。藤原兼家在与道纲母结婚时已有妻子时姬（藤原中正女），并与其生有长男藤原道隆。时姬后来又为兼家相继生了道兼、道长、超子、诠子等多位子女，这些子女后来多在政治上担当重要角色。道纲母一生只与兼家生有一个儿子，从蜻蛉日记中可知，她后来于天禄三年（972年）收养藤原兼家与源兼忠女所生的女儿为养女。另外，兼家的妻妾还有蜻蛉日记中登场的町小路的女人、近江（藤原国章女）、源兼忠女，另有文中未提及的藤原忠干女、保子内亲王、大辅、中将的御息所等。

蜻蛉日记作者也被称为『藤原伦宁女』，因其父名为藤原伦宁。其父在蜻蛉日记中经常被称为『可靠的人』（たのもしき人）。他属于藤原氏北家，因为是旁流，所以落为地方官的『受领』（平安时期『国司』的别称，一般指到地方任职，实际上担任负责行政的国守、权守或权介等职务）阶层，常于各地方任职，最终职位为正四位下的伊势守。其母为春道之女，是藤原伦宁的两位妻子之一，生年约在承平六年（936年），具体不详，逝于长德元年（995年），在日记中被称为『保守的人』（古代なる人）。藤原伦宁另有妻子源认之女——藤原长能之母。蜻蛉日记中登场的还有道纲母的姐姐——藤原为雅之妻，初次在蜻蛉日记上卷天历十年（956年）三月桃花节的片段中出现，后在中卷康保二年（965年）姐妹分别的场景中再次出现，被描述为『可靠的人』（たのもしき人）。另外，中卷安和二年（969年）新年祈福时，以『はらからとおぼしき人』（同胞的兄弟姐妹）身份登场，在『我』于鸣泷蛰居时期前来看望，并在天禄元年十二月以『住在南面屋的人』（南面に）的身份出现的人物，被推测为作者同父异母的妹妹。据尊卑分脉等史料记载，蜻蛉日记作者的亲族关系中有多位平安时期的作家，如：道纲母的亲哥哥藤原理能之妻，是枕草子作者清少纳言的姐姐；藤原道纲母的姐夫藤原为雅的弟弟藤原为信，是紫式部日记作者紫式部的外祖父；更级日记的作者菅原孝标女是道纲母同父异母的妹妹的女儿。

二、蜻蛉日记作品名解析

藤原道纲母以自己与藤原兼家的婚姻生活为中心，诉说了天历八年（954年）至天延二年（974年）的生活与情感经历。蜻蛉日记以上、中、下三卷，附卷末歌集（他者撰）的形式流传下来。成书于12世纪的日本现存最古的书籍目录本朝书籍目录中记有蜻蛉记三卷，但最初是否由作者分卷尚不明确。不过从各卷卷头和卷尾的叙述来看，相对自成一体，因此推测并非后人在抄写传本时所分，而是作者自己分卷的。蜻蛉日记开篇包含了作者的执笔意图、人物身份等信息，通常被认为是上卷乃至整卷的序。

蜻蛉日记的日文作品名かげろふのにき源于上卷末结语的跋文，为后人所题。日语假名『かげろふ』，在日语中汉字可以借字为『蜻蛉』『蜉蝣』『遊糸』『陽炎』，故『かげろふのにき』有不同的借字。在藤原定家的明月记 宽喜二年（1230年）六月十七日条目中记为蜻蛉日記。镰仓（1185—1333年）初期的和歌论书八云御抄中记作遊士日記，『遊士』是『遊糸』的假借字。镰仓中期成书的本朝书籍目录中记为蜻蛉記。江户时期（1603—1868年）日本国学研究者清水滨臣手抄本中标作遊糸日記。江户后期国学研究者田中大秀记作遊絲日記、陽炎日記。诸种传本与研究成果的题签多标记为蜻蛉日記，也有的采用假名标记为かげろふのにき、かげろふの日記等。中国国内的译文、学术论文等一般根据日本学界习惯大多译为蜻蛉日记，少见蜉蝣日记的叫法。

『かげろふ』对应的语义有：类似蜻蜓的体态柔弱的昆虫蜻蛉；『朝生暮死』之称的短命昆虫蜉蝣；初春季节蜘蛛幼虫浮于蛛丝迎风而舞的『游丝』现象；春夏晴日阳光折射下气流飘动的『阳炎』现象。平安时期的人们有将无法捕捉、把握不明确之物比作『かげろふ』的习惯，蜻蛉的柔弱无力、蜉蝣的短命无常、蛛丝的若隐若现、阳炎的虚幻缥缈，都有轻渺无力、飘忽不定的特征，因此都被用于无常、虚幻之物的意象。目前并无史料证实蜻蛉日记中的『かげろふ』该如何取义与标记，学者们只能根据作品当时的语境、借用汉字的语义资料、作品内容等进行推测。正如坂征在蜻蛉日记解环中所言：『将世上流行的印本题为蜻蛉日记，概是源于在源氏物语的かげろふ卷中，一般标记为「蜻蛉」。』[一]并最早提出蜻蛉日记中的『かげろふ』当解为『阳炎』。『阳炎』在中日都常作虚幻无常之寓意，在中国『阳炎』最早见于尔雅，后世用来比喻一切虚假不实的东西。『阳炎说』在日本受到上村悦子、村井顺等多数学者肯定，现在成为最有影响力的观点。当然，此『かげろふ』并非指阳炎现象本身，而是作者道纲母利用其若有若无、虚幻缥缈的不定感，以表述自我命运的无常与不安。因为作者在文中并没有感叹自己生命的短暂，所以蜉蝣意象并不符合此书。

将上卷卷末的『かげろふ』译为『女人命苦如蜉蝣，故以此命书名』[二]、『我的笔记下了命若蜉蝣的女人的日记』[三]，是否恰当值得商榷。尽管游丝的脆弱之感与虚幻缥缈之态符合道纲母对命运与感情的哀叹，但道纲母作为生活在宫廷的贵族女性，罕见民间的『游丝』且同时期

〔一〕坂徵．かげろふの日記解環[M]．東京：すみや書房，1968．国文註釈全書第九卷收，卷一凡例的题号弁部分。
〔二〕叶渭渠，唐月梅．日本古代文学史古代卷（下册）[M]．北京：昆仑出版社，2004：417.
〔三〕藤原道纲母等著，林岚、郑民钦译．王朝女性日记[M]．石家庄：河北教育出版社，2002：69.

和歌中的『かげろふ』也少有『游丝』之意。而且『いとゆふ』的『游絲-絲遊-かげろふ』的训读也是出现在镰仓以后，『かげろふ』不符合当时平安日记文学中『游丝』的训读表记方式，因此并非『游丝』之意。而蜻蛉形态的柔弱之感与瞬间飞去无法抓住的特征，更多的只是能暗喻作者因难以抓住丈夫的心和全部的爱而产生的无力感，缺乏那种似有若无的无常、虚渺感，并不能完全阐释道纲母的心境与作品主题。由此可见，『かげろふのにき』在日本通常标记为蜻蛉日記，但实际取义阳炎。蜻蛉日记上卷跋文中的あるかなきか（似有若无）作为かげろふ的枕词〔一〕，既描绘了阳炎的虚幻存在特征，映衬命运的无常与夫妻之情的不可靠，也表现出作者思绪的聊赖状态，从而与前文序所阐释的『はかない』（无常、虚渺）主题相呼应。本书也遵从大多数标记方式，书名翻译为蜻蛉日记，但是上卷结语部分，翻译时取阳炎之意。

三、蜻蛉日记作品内容

蜻蛉日记上、中、下卷的叙事横跨了道纲母的半生，不同时间轴上的叙事与感慨，形成了各

〔一〕枕词，又称冠词。日本古代和歌中，冠于特定词语前起导入作用，是用于修饰或调整句调的固定词语。

卷不同的表述特征。但是与兼家的情感纠葛一直是叙事的基调，书中所记之事基本发生在道纲母与兼家感情处于脆弱不稳状态之下。

上卷记录了自天历八年（954年）至安和元年（968年）的生活。故事从兼家求婚写起，记录了结婚前后的经过，可以感受到一夫多妻婚姻形态下道纲母的无助、不安与痛苦。以结婚为转折点，男女主人公立场发生了逆转，道纲母开始处于等待兼家到来的被动状态。后来因为兼家新妻町小路的女人夺走了丈夫原本对自己的爱，文中的『我』数年间都生活在苦闷之中。虽然不久町小路的女人便失宠了，可这并不意味着『我』重返幸福，因为兼家依然不常造访，道纲母时常被期待落空的失望所扰。上卷还穿插记录了与章明亲王、兼家妹妹贞观殿登子等上层贵族的和歌赠答以及兼家病后让道纲母去自己府邸看望的特殊经历，为上卷带来一抹明亮的色彩。另外，上卷还记录了父亲远赴陆奥、母亲去世、姐姐远行、初濑参拜等。

与内容杂多的上卷相比，中卷多记录了安和二年（969年）到天禄三年（972年）的所思所想，笔触集中在道纲母与兼家的感情关系上，展示了『我』的心路历程，通常被认为是蜻蛉日记三卷中最具『日记性』的一卷。从安和二年新年的许愿元旦祝歌寄心愿三十日夜都相伴开始写起，随后记录了社会事件『安和之变』中源高明被流放的悲剧，借观自己命运的悲苦。随着天禄元年（970年）时姬与其子女被迎入兼家的新府邸，天禄二年兼家新情人近江的出现等一系列的不幸，『我』与兼家关系陷入恶化期，婚姻更加不稳定，『我』陷入痛苦的深渊。为了排解这种近乎绝望的忧郁之情，道纲母只好踏上旅途，前往唐崎与石山参拜，寄希望于佛灵相助，并在与自然的交融中思考人生，甚至最后意欲出家。天禄二年六月于鸣泷般若寺闲居修行，但不到一个月便被兼家强行带下山。中卷唐崎祓、石山参拜、鸣泷闲居的纪行部分占了很大篇幅，自然描写生动细致。道纲母在日常与非日常、静与动的反复中观照内心，或许是经过鸣泷的闲居修行，道纲母意识到与兼家的感情已经无法挽回，即使求助神佛也无济于事，于是试图放弃对兼家的执着，到了卷末叙事笔调渐趋温和。

下卷记录了天禄三年（972年）到天延二年（974年）的生活，依然以道纲母与兼家的感情为主线，但已不见上、中卷所流露出的强烈爱憎之情。下卷开篇首先延续了中卷末部舒缓的气氛，开始将兼家视为客观存在，进行近距离观察。道纲母对兼家升为权大纳言的事情不同于上卷为他的荣升而悲喜交加，既有夫贵妻荣的荣耀又担心丈夫对自己的疏离，而是淡而叙，似乎与自己的世界毫不相关。虽然文中也几次记录附近起火时兼家来看望自己的事，但总体来说二人心理距离已经拉大。最终道纲母于天延元年（973年）八月，迁居至广幡中川的父亲家，这意味着夫妇关系已貌合神离。这一时期文中记录的更多是身边的杂事以及其与其儿子、养女之间的事情。比如，下卷中记录了道纲与『大和女』的和歌赠答，收养兼家与源兼忠女所生女为养女之事，以及兼家的异母弟弟藤原远度向养女求婚的经过，情节性较强并穿插和歌，被指具有『歌物语』的性质。

蜻蛉日记中道纲母无法把握与兼家的感情，随着两人关系的时近时远而时喜时悲，深感不安，于是猜疑、使性、嫉妒，文中多次出现『无依靠感』的哀叹。『我』的心境因生活中的种种不如意而失落、愤恨、嫉妒，从对丈夫每日每夜都陪在『我』身边，得到他的全部的渴望转变为意识到自己只是兼家妻妾之一，将希望转至儿子道纲与养女身上，从『妻』转换到『母』。

总之，蜻蛉日记既是一部心理描写细致生动的人生自白书，又有对当时风俗例事、服装器具、自然风景的描写，绘成了一幅多彩的平安风情画卷。『蜻蛉日记三卷，上卷探求和歌与散文的新关系，中卷确立了「日记」文体，下卷展示了新物语创作的萌芽。各卷文体的变化，表明女性步入了假名散文文学的道路，给以后女性文学的发展提供了框架。』[一]

〔一〕鈴木一雄．王朝女流日記論考[M]．東京：至文堂．1993：67.

目录

中卷

下卷

上卷

序　常感世事总虚渺　欲借日记诉日常

时光荏苒，人世虚无。有佳人[一]在世，总感内心无依，虚度半生。自觉相貌平平，才思疏浅，不能有为于世，每日百无聊赖。闲居之时，为消愁解闷，随手翻阅世间流行古物语[二]，却见尽是脱离实际的无稽之谈。心想若要将自己不同于他人的经历，作为日记如实叙写，可能会为世人称奇。若有人想知嫁给显贵的真实生活样态，希望此书可作参考。但因已逝岁月久远，记忆模糊，定存未尽准确之处。

〔一〕文章伊始作者试图借用『有个人』『女人』的第三人称形式叙事，其实指作者本人，后文第一五页起明确转为第一人称形式。日语原文未准确出现『我』之前，为既尊重原文又符合汉语习惯，序后的内容补译为『我』，用（我）表示。

〔二〕古物语，指情节离奇、浮夸的虚构故事。现在通常直译为物语，本文亦然。

一　藤原兼家突求婚　内心徘徊终回信

经短暂和歌赠答，出身权门的高贵柏木[一]就这样来求婚了。按世间常理，该请某位媒妁之人牵线，或由自家地位较高的女侍协调，但是他却直接同（我的）父亲透露了迎娶之意，语气半真半假。父亲已表示拒绝，他却毫不在意地派使者骑马前来叩门。尚未询问是何方来客，只听门外喧嚣，便已明白。我不知所措地接过书信，家里一阵忙乱。曾闻求婚之书，笔迹用心工整，信纸细致讲究，但（我）接过一看，却完全不似传闻，只见信纸粗糙，笔迹潦草、拙劣，甚至让人怀疑并非其亲笔所书，备觉不可思议。只见信上写道：

只闻杜鹃啼，未能见丽姿，盼睹芳容解单思。

[一]柏木，又称兵卫佐、兵卫督、兵卫尉，指藤原兼家当时的职位，其父亲藤原师辅时任右大臣（仅次于太政大臣的律令制官名之一）。文中对兼家的称呼为『……的人』『那个人』或者官职，本文将指代兼家的『人』翻译为『他』，有其他男性同时出场时，为避免混淆，也会使用『那一位』。

（我）同周围的人商量着『怎么办？是不是必须要回信？』，传统保守的母亲谨慎劝说『还是回信吧』，于是母亲便让侍女代回：

空闻杜鹃鸣，鄙处无君逑，纵使寻觅亦无影。

二　和歌赠答探心意　是年秋季结连理〔一〕

自此以后，他屡有书信送来，（我）并无回信。于是他又派人送来了和歌：

瀑布水无音，佳人杳无信，相逢无期撩人心。

（我）对信使说：『稍等便回信。』结果他迫不及待，有失常态地又差人送来了一首：

〔一〕兼家求婚的这一年为日本天历八年（954年），也是日记叙事开始的第一年，两人于此年秋季成婚。

翘首殷盼汝之音，迟迟未得信，徒增寂寞心。

母亲说：『不胜惶恐，认真回复为妥吧。』于是母亲让擅长作歌的侍女得体地回了信，差人送了过去。他收到这样的代笔和歌，似乎也非常开心，又频繁送来信件。一天，他在信上附言：

浪消鸻鸟迹，迟未得芳笔，莫非心装他人意。[一]

这次母亲同样让擅写和歌的侍女工整地代笔回信打发了。他又来了一封信：

非常欣喜能收到您那边认真的回信，但还不能收到亲笔，对我是不是有点无情？……

[一] 鸻鸟（ちどり），鸻科小鸟的总称。鸟的足迹（あと）与笔迹（あと）双关。

在礼节性的书信末，他还附了一首和歌：

亲笔代笔皆心怡，谨望懂吾意，殷盼汝芳笔。

母亲同样让侍女代笔打发。时光在这样不断的书信与和歌赠答中悄然逝去。到了秋天。他在书信中补写道：

你对我缺乏真诚，更拘于形式，让我很痛苦，我努力自我克制，但还是……

深山怨鹿鸣醒，身处都城却无眠，只因相见难。

（我）给他回和歌：

即若身居高砂山[一]，亦未曾闻常无眠，何来寝难安。

[一] 高砂山，在和歌中作为鹿鸣的名地常被吟咏。

真有点不可思议。

不久他又送来和歌：

怨恨逢坂关〔一〕，近在眼前却难翻，不得相见空哀叹。

（我）回和歌：

君怨逢坂难逾越，却闻勿来〔二〕更艰克，恰住勿来处。

〔一〕逢坂关（おうさかのせき），在日本古典和歌中常作为和歌的枕词（置于和歌前调整语句的修辞），并利用逢坂的逢（あう）与相见（あう）语音双关，作为男女相逢的象征。

〔二〕勿来（なこそ）关，同样用作和歌的枕词，与『不要来』语义双关。

这样礼节性地书信交流着，最终迎来相会之夜。〔一〕第二天早晨，他送来一首和歌：

急盼日暮至，相见心太急，泪流成河因相思。

（我）回和歌：

妾本易愁思，日暮愈增寂，未能相见不觉泣。

第三天早晨，他送来和歌：

露珠晨朝逝，吾亦难舍与汝离，皆因情依依。

〔一〕日本平安时期的贵族男女，一般先由男性给传闻中的中意女性赠送和歌表达爱慕之情，女性通常先不回信，由侍女代写或者代笔，且语气冰冷，套话较多。感情有进展后才能得到女性亲笔回信，如果赠答中感情升温获得同意，晚上便可去女性家相会。如果男性在女性处连住三夜，意味着男女合意，婚姻成立。

（我）回和歌：

君喻朝露逝，妾身飘零将何依，唯有心戚戚。

三　新婚夫妻常相依　和歌赠答诉相思

就这样时光静逝。有一天，（我）因有事在外住，他竟至我家过夜。次日清晨，他送来书信：

想着至少今天能和你一起悠闲度过，但看你好像不方便。不早点回来吗？你不会是为躲避我而住到山上去的吧？

对此，（我）用一首和歌做了回复：

意外来山家，手折墙角瞿麦花，花露如泪坠。

不觉间已是九月。

月末，有次连续两晚上都未见到他，只收到书信，（我）送去和歌：

君如朝露离，相思泪湿衣，今朝飘雨增孤寂。

他即回和歌：

思君之心感化天，泪化今朝相思雨，代我前相见。

还没等给他写完回信，他本人便来了。

之后一段时间，他久未来相会。在某个下雨之日，他捎口信说『傍晚去』，（我）回和歌：

草依柏木〔一〕生，有幸承恩宠，约定常空新泪增。

他亲自到来，算作对此和歌的回复。

就这样到了十月。因为（我）有物忌〔二〕，闭居不便见面，他抱怨了几次好烦心并送来和歌：

反穿衣物求相逢〔三〕，孤寂泪湿衣，空飘细雨增伤思。

（我）回的和歌并无新意：

〔一〕藤原兼家时任『柏木』一职，故作者用『草』自指，用『柏木』指兼家。

〔二〕物忌（ものいみ）：避忌。原先指祭祀中为迎接神灵，在一定时期内要保持身心洁净。后也指基于阴阳道思想，占卜或皇历中出现『凶』以及做噩梦、接触到不净之事等时，在家中或者占卜为吉利的方位闭居，谨言慎行以躲厄运。遇到丧事、分娩、血液、疾病、女人月事等被视为不洁，在一定时间内要禁忌祭神、远离他人。

〔三〕日本古人相信夜晚睡觉时将衣物反穿，能与恋人梦中相逢，此题材常被用于和歌中。

妾亦泪湿衣，君若情深炽，相思之火干湿衣。

时间在这样的和歌赠答中渐逝。我一直依赖的父亲〔一〕，要起身去陆奥国赴任了。

四　不舍父亲赴陆奥　兼家见雪表思念

秋末容易令人哀悲，我与他的关系尚未十分亲密，所以每次见面我总是泪汪汪，觉得将来没有安全感，不由悲从心生。看到我这个样子，他也觉得我可怜，反复保证说将来绝对不会抛弃我。但是我知道他的内心不可能一直遵从他的誓言，不由陷入悲伤，净想些不安的事。马上就要分别。启程那天，即将远行的父亲也泪流不止，无助的我更是陷入无言的悲伤中。看到我这样，父亲直到被催促『该出发了』，还迟迟不肯动身。最终，父亲将一封书信塞入旁边

〔一〕文中用『わが頼もしき人』（我一直依赖的人）指父亲，此处第一次明确用『我』自称，后文一直延续了第一人称叙事，译文中也明确用『我』。作者的父亲藤原伦宁此时任职陆奥国『国守』，即地方长官。

的笔砚箱，流着泪走了。我暂时也不想打开笔砚箱看，一直眺望着窗外，直到看不见父亲的影子。心情平复后我才膝行过去，打开后见信中写道：

小女托与君，此行路迢迢，祈愿情久至地老。

原来是写给他看的啊，想到父亲为我所做的，我不禁更加悲伤，将信原样放回。过了一会儿，他来了。见我也不抬头，一味沉思，他安慰道：『为何这样悲伤？这样的分别本很正常，为何要如此悲叹？是不是不信任我？』他看了笔砚箱里的书信后说：『哎，这么伤感。』便写了和歌：

爱女托与吾，定不会辜负，夫妻情久请拭目。

写罢让人送到了父亲正式启程前待的暂居处〔一〕。

时间这样一天天流逝，想到旅途中父亲的心境，我内心更加悲寂，而他看上去也并不可靠。到了十二月。他有事去了横川的比睿山，差人送信来：

雪下得这么深，被雪所困，让我更加想你。

我回和歌：

横川雪未融，随水化冰冻，思君心碎人憔悴。

这一年我就这样不安地度过。

〔一〕平安时期阴阳道中某方位不吉利，暂不适合居住或者不宜前往的方向被称为方向不顺（ふたがり、方たがへ）。如果前往旅地的方向不顺，或者出发时的时辰不吉，便避开自家，暂移别处出发。

五　刚生爱子情敌现　心生怨恨不相见

正月里连续有两三天他都没有露面。我因为有事要出门，便留了和歌：

春莺鸣山野，妾亦哭声藏莺啼，身往深山无处依。

我吩咐侍女，如果他来的话就交给他。我回来时，家里留了首他回的和歌：

纵使入山野，莺鸣声声尚可依，定能寻芳迹。

在这样的和歌交换中，时间一天天流逝，我发现自己已有孕。春与夏我便在身体不适中度过，终于在八月末生子〔一〕。那段时间，他对我很用心，体贴照顾。

但到了九月，有一次他外出时，我无意地打开他放在那里的信箱，竟然发现了一封他写给别

〔一〕作者儿子藤原道纲出生。

的女人的情书。太过分了，我想着至少得让他知道我已知晓，便在后面补写道：

情信欲送他人处，不免心忧虑，自此君不顾。

我始终为此忧心着。果然，到了十月末，他连续三晚未露面。他再来的时候，一副若无其事的样子，故意说：『这段时间不来，是为了试探试探你。』

到了傍晚，他说宫里有事必须要处理，便从我家离开了。我对此怀疑，便派人尾随。侍从回来禀报说：『大人将车停在了町小路某处。』果然不出所料。我虽然觉得无法接受，但也不知该如何告知他，就这样过了两三天。有一天，将近拂晓时分，我听到敲门声，好像是他来了，但是我还在生气便没派人给他开门。不曾想，他竟朝那个女人（町小路的女人）的方向去了。到了早上，我想着不能这样默不作声下去，便用比平时更郑重的语气作歌：

独叹孤寝捱天明，长夜漫漫君知否？无心待门开。

我在信上附上褪色的菊花，派人送了过去。

他回信：

本想等到天亮，也要等你给我开门，不巧宫中差役急事来召。你生气也是可以理解的。

并附和歌：

门外痴等知夜漫，木门迟开苦般盼，已知独待难。

他这个时候还在强词夺理。而且他这么快便公然出入那个女人处，真是令人难以理解。至少先编个宫中有事什么的借口搪塞下，也不至于太难堪，这种毫不在乎、无所谓的态度真是令人受不了。

六　桃花节后兼家现　姐姐搬走情依恋

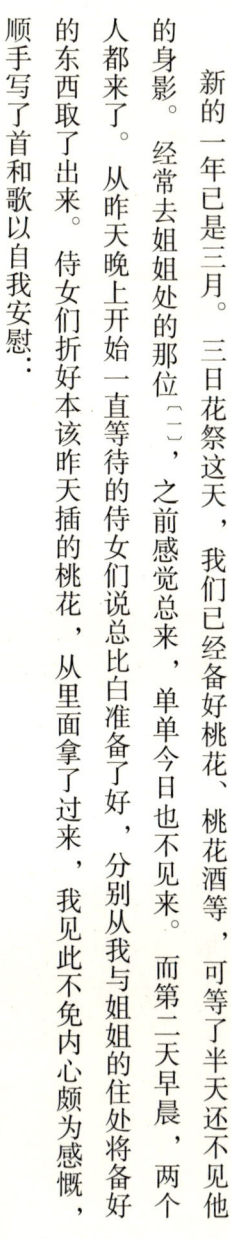

新的一年已是三月。三日花祭这天，我们已经备好桃花、桃花酒等，可等了半天还不见他的身影。经常去姐姐处的那位[一]，之前感觉总来，单单今日也不见来。而第二天早晨，两个人都来了。从昨天晚上开始一直等待的侍女们说总比白准备了好，分别从我与姐姐的住处将备好的东西取了出来。侍女们折好本该昨天插的桃花，从里面拿了过来，我见此不免内心颇为感慨，顺手写了首和歌以自我安慰：

昨日备酒却虚待，今折昨日花，意义又何在。

又想着管他呢，便不打算给那个烦人的人看。我正要将纸藏起来，却被他强行要了去，并回了首和歌：

[一]当时为男性去女性处过夜的走婚制，故作者与姐姐住在同一宅院。也有婚后搬至丈夫处的情况，一般能搬至丈夫处的为正妻。作者姐姐的夫君为藤原为雅。

仙桃结果三千岁，美酒年年饮，不好花酒情恋汝。

姐姐的那位听到后，也作和歌：

三日饮酒易恋花，恐遭好色名，特选今日证专情。

他现在已经公然出入町小路的女人的地方了。（本）〔一〕。我有时甚至后悔跟他交往，现今我陷入无尽的痛苦中，但又无可奈何。

我见证着姐夫一直频繁至姐姐处，最终他把姐姐带到无须顾忌他人眼光的住处了，剩下我自己更加孤苦伶仃。想到今后将不能常见到姐姐了，我不免内心生悲，靠近她的车时，我这样说道：

〔一〕底本上写有『本は』，存在误写说、脱字说等不同观点。

奈何我家树独枯，皆因众人踪迹远？独留一人终悲叹。

她夫君替她回和歌：

吾将时刻挂念汝，此言异于他人〔一〕语，勿心生怨苦。

说完他们就一起离开了。

七　试赠和歌慰时姬　夫妻隔阂感情离

我每天孤单度日，形影相吊。在外人看来，我们夫妻之间似乎并没什么不妥，只有我为他不能合我心意而苦恼。但是我听说，不只我，他连伴他多年的那位〔二〕那里也近乎不去了。平时

〔一〕那个你挂念又怨恨的人，指兼家。

〔二〕藤原兼家的第一位妻子——时姬。藤原中正的女儿，后与兼家育有三男二女，成为兼家的正室。

我与她未曾有过书信交流，五月三四日我派人给她送去了这首和歌：

菰草不恋君之泽，根将谁处植，何方共宵夜。

她回和歌：

菰草确是根离此，心向他处池，但闻依君泽。

到了六月份。从上个月末到这个月初，雨一直连连绵绵。眺望窗外，我独吟和歌：

屋前树叶润雨鲜，屋内之人常哀叹，容颜经时衰。

就这样，到了七月。

他偶尔来访，与其这样，还不如索性完全断了关系，这样内心更平静。这样胡乱想着，有一天他来了。我不说话，所以他感觉无所适从。前面的一个侍女顺嘴说了前几天那首『屋前树叶』的和歌。他听后这样吟到：

红叶非时节，逢秋趣更浓，佳人盛年魅力增。

听他这样回，我靠近砚台写下和歌：

树叶逢秋颜色减，常叹颜衰遭君嫌，何来美之谈。

就这样，他虽然常到别的女人处，但也不时地来我这里，可因为不能敞开心扉，两人更加疏远。即使有时他来了，看到我心情不好，最终也败兴而归。有时他还揶揄说，虽然被我的强硬所打倒，但还得站起来走。有知道内情的邻人，看到他走了，送来了这样的和歌：

海藻升烟为制盐，邻家夫走烟升天，概是妒火燃。

两人这样相互僵持着，连邻居都忍不住来多管。最近他更是很长时间未来。平时并不这样，但在这如同丢了魂般的茫然状态下，我似乎对眼前的任何东西都视而不见。想着两人会不会就这样断绝了关系呢？自己身边连个可作念想的东西也没留下。过了十天左右，他来了封信，这呀那呀地写了一通，最后写着：

请把挂在帐台〔一〕柱子上的小弓的箭取下来。

我这才想起，这可以作为思念之物啊。我解开绳子取下箭后，附了首和歌让人还了回去：

素日未把君来思，忽闻受命令取矢，惊见尚有遗。

〔一〕帐（ちょう），身份高贵之人的座席或者休息之处，比地面略高，四面挂有帷帐。

就这样，他几乎不再来我这里。但正巧我家在他进出朝廷的必经之路，也就是一条西洞院，所以即使我不想去听，他早晚经过时的咳嗽声、侍从的开道声也会传入耳内，让我无法入眠。我深切地体会到了诗句『夜长无寐天不明』所言的宿空房、夜漫漫。我在屋内揣测着外面他经过时的情景，那心情无以言表。我自己努力控制，想着他经过时，不去看也不去听就好了。但是听到别人议论『那位大人以前经常来访，现在已经基本不走动了』时，我内心特别不悦。一到日暮，我越发悲凉。

听说他连已经有几个孩子的夫人（时姬）那里也基本不去了。我想着时姬会不会比我还悲伤啊，九月份左右便给她写了封信，信中满是同情之言：

风断蜘蛛来时路，迟迟未见他之影，借风传音书。

她用心地回了信，并添了和歌：

秋风传音信，亦吹草木苍，吹变夫心感不祥。

他也不是一直漠视我，偶尔也来访，就这样，冬天到了。每日只有幼子相伴，不由脱口『欲问鱼簖中冰鱼』〔一〕。

又是一年冬去春来。前段时间他拿了本书来打算读，结果忘在我这儿了，于是派人来取。我在包书的纸上写有和歌：

荒滩难留千鸟迹，君之足迹稀，书亦难留感情离。

他回的和歌满是辩解，似乎我理亏：

千鸟难舍海边滩，吾心只向汝，感情不曾有离间。

〔一〕拾遗和歌集·大和物语中所现和歌：欲问鱼簖中冰鱼，总不来我处，究竟为何故。作者此处用来抱怨兼家为何不经常来看望自己。『網代（あじろ）』：鱼簖。冬季，将竹子或木条扎成一排，呈拉网状设置在河流的浅滩处，出口装上筛子，以作为捕鱼设备。冰鱼（ひを）：小香鱼。

他是派使者来的，所以我又回复：

滩阔难寻鸟之迹，君之情多身难觅，只有空悲戚。

转眼到了夏天。

八　情敌产婴妒火生　托缝衣服怨恨增

那个受宠的女人快生了，和他乘着同一辆车，一起前往选好的吉利地方待产。车队响彻京城般喧嚣着驶过，声声刺耳。京城那么大，为什么偏偏从我门前经过？我只是呆然沉默，什么也说不出。看到这种情形，包括我身边的侍女，大家都大声地怨恨着：『真是让人生气，明明有那么多路可以走。』听到这些，我真想去死，但是生死不由己，既然这样，至少别再让我看见他。过了三四天，他来了封信。我心里想着太过分了、太无情了，却还是打开看了。信中

写着：

这几日这里有人卧床，所以无法去你那里。昨天她平安产子，我现在身沾不洁，仍不方便前往。

真是无语，这算怎么回事。我只是回复『信已经收到了』。家里有人问了他的使者，使者回答说『生了个男婴』，我听后更觉心塞。三四天之后，他本人竟然若无其事地来了。现在来能有何事？我没有搭理他，他无所适从，只好无趣地回去了。这样的情形屡屡发生。

到了七月，历年相扑节会〔一〕的时候，他派人送来两包需要缝制打理的衣物，新旧各一包，附言：『麻烦你帮忙缝制一下吧。』〔二〕这是什么事。打开一看，我更是气得头晕目眩。做事守旧的母亲说：『唉，太可怜了啊，可能那边不能缝制吧。』侍女们说：『那个女人的侍女尽是些做

〔一〕日本平安时期，七月末，朝廷召集全国的力士在宫中举办比赛，天皇亦会亲自观赏。有的年份因有皇族去世等不举办，但是『相扑节』当时成为时节的代名词，日记中记录的这一年并未举办。

〔二〕此处原文用敬语形式。有学者认为衣服是为町小路的女人缝制的，故用敬语。也有学者认为是町小路的女人拜托道纲母帮忙缝制兼家的衣服。

不好事情的。真是令人讨厌，虽然她们自己不会做，但是我们就这样还回去的话，她们肯定又会说我们坏话。就让她们说去吧，我们听着就是了。』她们这样商量着，原封不动地把衣服还了回去。听说他又把衣物分给各处，拜托她们缝制了。这对他来说可能是个意想不到的打击，他连续二十多天连信也没送来。

九　兼家忽又来探望　常用和歌诉衷肠

我忘记是什么时候了，他来信了。

特别想去你那里，但是我有所顾虑。如果你明确说『来吧』，即使有顾虑我也会前去。

我想着不回信，但是周围的人都劝说『那样的话显得太无情，有些过分了』，于是我回了和歌：

芒穗随风舞，君可随心各处去，妾不会明语。

他立即回复：

芒穗劲随东风舞，若言来吾处，即刻便前去。

因为他的信使还在，所以我当场回复：

劲风过宅草穗落，妾尽受冷落，明言君来亦无果。

这样交流着，他又开始来了。

我们看到屋前栽的花正五颜六色地盛开着，便躺着作和歌对答。或许是因为双方都有不满，

他先小声吟和歌：

白露反衬花色乱，多思佳颜怨，望无隔阂能明言。

我这样回复：

容颜现多思，皆因悲于被君弃，运如露弱言无意。

这种交流让两个人的关系又疏远了。十九日，月亮迟迟未现，刚要从山端升起，他便要离开。或许看我流露出今夜希望他别回的表情，他说：『如果你有让我一定要留下来的理由（，那我就留下来）[一]。』我也不是一定要让他留下，便吟和歌：

山端难阻月升空，君欲归匆匆，妾又奈若何。

他答歌：

〔一〕译者增补。

明月升空影印水，君言吾心归，偏要此处留。

于是，他留了下来。

一日狂风大作，风势很猛。两天后，他来了。我抱怨道：『前天那样的狂风，正常来说，你该写信来慰问才是吧。』他似乎觉得我说得有理，却又故意辩解道：

树叶随风散，唯恐慰言被吹乱，今日前来胜万言。

我答歌：

若有心慰言，不惧风吹乱，东风助信落檐前。

他又说：

东风不止过此处，如何寄慰语，误落他处恐毁誉。

我不服气，便又说：

恐落他处误招嫌，珍视之慰言，为何见面亦未谈。

他好像不得不服理了。

十月份，他说『有要事处理必须急回』，不巧他正要出门时下起了雨，而且雨下得很急，并非普通的阵雨。即使这样他还是执意要回去。我觉得有些意外，顺口咏了句：

君言有事急匆归，雨大且夜深，能否暂不回？

他还是毅然离开了，还有这种人！

十　情敌失宠心舒坦　兼家偶访心怀怨

就这样时间一天天过去，那个当时特别受宠的女人，自从生子后也日渐被冷落。我曾经不怀好意地想：要让她活得久些，像我曾经那样，也要反过来让她尝尝那种痛苦。未曾想所思竟成了现实，她曾经大张旗鼓生下的孩子夭折了。那个女人相当于天皇的皇孙，但只是玩世不恭的皇子的庶子，门第出身不高。只是最近被不明实情的人奉承得有些飘飘然，突然又变成这样，她会是什么心情。她会比我更加苦恼、更加哀愁吧，这样一想我心里舒畅多了。但是听说他又开始频繁出入一直往来的那位〔一〕家里，到我这里却同往常一般，只是偶尔来一下，这多少让我有些不满。幼子逐渐也会说只言片语了。他每次要回去时都会说『近期还会来的』，孩子也不由得记住了，总是模仿着说这话。

〔一〕指时姬。

十一　借咏长歌诉哀怨　兼家答歌表苦衷

我内心一直这样不安，不停地哀叹。有爱管闲事的人说：『还是年轻气盛啊！』将我的终日哀叹视为涉世未深不通人情世故。他也是一副无所谓的样子，似乎自己并没有什么错，既无歉意，也不觉得内疚。我总想着该怎么办才好。如果可以把我的所思所想全部告知他该多好。这样胡思乱想着，我内心总因为那些不开心的事而无法平静，总是词不达意。

最终我决定把内心所想写下来给他看：

望君细思量。识君至今日，妾心顷未安，莫非苦恼伴余生？初识秋日起，忧心被君厌，誓言若秋叶，经日褪颜色，终日黯然独哀悲。冬日父远行，依依惜别时，泪如雨下心怅然。尝闻父有托，『请勿弃小女』，才心略有安。未想父才刚远去，君忽与妾疏，心若空中云，虚空又无依。茫然度日，夫妻之情又雾起，君渐绝音信。雁知回旧巢，不见君影空期盼。妾身若空蝉，君情薄如翼，并非始今日，泪辛成河流不止。前世何罪孽，今生宿缘难逃匿。置身浮世苦，随波逐流把日度。悲痛心厌世，愿若泡沫消，却念父远行，不待归来难了世。

至少相见后绝世，悲叹泪湿衣。若想衣袖干，又思遁空门，却又恋旧情，不忍自此夫妻别。忆往昔蜜甜，君常来相会，促膝而谈密无间。追忆之时泪涟涟，难弃浮世断思恋，出家亦无为。思虑重重心绪乱，枕边积尘如山高，不及独眠夜。如踏旅途无尽头，迟迟不见君之影，以为情将绝。狂风过后日，君本远如天际云，却突近身边。临走之时『近日来』，幼子信为真，常发此语把君待。每闻稚子语，心酸溢泪泪成湖。海藻不愿寄之海，岸边无贝壳，深知再等无意义〔一〕，却信『至死不弃』语。不明君真心，且待君来再相问。

写完我将信放到两层的几架上。

他和往常一样，时隔数日才来，我也不见他，他觉得尴尬，只拿着这封信回去了。

然后这样回复：

新婚之时值秋日，红叶色正盛。叶色经日衰，浓情有褪乃常情，吾却异他人。见汝终日叹，令尊临别诚嘱托。树叶经霜色更深，深感其语情弥坚，恋汝未曾止。幼儿盼父父

〔一〕贝壳（かい）与意义（かい）语音双关。

念子，盼早日相见，几次前往遭冷落。汝妒火中烧，如同浪打田子浦〔一〕，富士山边烟冲天〔二〕。虽视吾为天际云，触手不及而冷淡，吾非但无绝意，不断前去访，然遭汝之侍女怨，被怨薄情不知措。茫然如鹞鸟，无熟知别处，唯有怅然归自宅。是夜前相会，汝似孤卧寂未眠，叩门却不应，只有月影伴。无果寂寞归，孑然不能寐，月光穿窗吊孤影，不现汝音容。自此生罅隙，非与他人度良宵。莫道前世罪孽重，哀叹即为罪。莫若自此绝，汝可另择良人依。吾非草木岂无情，难抑相思苦。熊野浦滨木绵绵，两情有隔泪涟涟，追慕往昔情复燃，相思之火干泪眼。如今再言虽无意，烈马驰骋御牧场，君心已如马驶远，如何能追回。唯怜彼幼子，思父却无力，只有母上依，马驹恋父时，该是何悲泣，念此伤心不自已。

因为使者还在等候，所以我回复道：

〔一〕田子浦，自古为远望富士山的胜地。
〔二〕引用了上文中道纲母邻居对道纲母的评论：海藻升烟为制盐，邻家夫走烟升天，概是妒火燃。

驯主倘放手，陆奥〔一〕烈马远处走，君若放弃自此别。

不知他怎么想的，这样回和歌：

尾驳〔二〕名驹若远去，性刚难追回，吾非烈马不相拒。

我再回和歌：

君生厌情不再顾，妾却常相依，手握缰绳防马去。

他再回和歌：

〔一〕地名，大致相当于现日本东北地区。

〔二〕位于青森县北上郡，此处的马常在和歌中被咏为烈马。

名马难渡白河关，芳心难解恐遭拒，多日暗怯去。

十二 兼家久居吾宅处 常与亲王赠和歌〔一〕

他捎信说：

明后天去『逢坂关』——见你。

他写信的日子正好是七月五日，我因为长时间物忌正闭居于家，于是这样回复：

〔一〕蜻蛉日记自天德元年（957年）十月以后时间顺序变得不明，根据史书记载，兼家升为从四位兵部卿王的时间为应和二年（962年）。这六年间的时间标识模糊，事件叙述也未必按时间进行。如本部分，先是写七月五日，又叙述六月兼家与章明亲王赠答，最后又出现明日是七夕的叙述。

牛郎织女七日会，一年仅一度，平日忍受相思苦？

或许他觉得我讲得有道理，接下来几个月都对我很用心。

听说那个让我心烦的女人〔一〕，现在正使尽浑身解数试图挽回他的心，闹得人尽皆知，我内心舒畅了很多。我从以前就觉得，夫妻关系不尽如人意，现在更是无能为力，不管多么痛苦，或许这就是我前世的宿命。我痛苦地生活着，他从任了数年的少纳言一职，升至四品，被任命为什么大辅〔二〕，官职名给人乖戾感，也不能上殿出仕。这次他似乎觉得仕途没有太大意义，除了走访这儿那儿的女人们，便不出门，所以有时能在我这里悠闲地待两三天。

一天，他不感兴趣的兵部卿官署那边送来了上司章明亲王的信：

乱丝轻绕可成束，幸与你同署，为何人未睹。

〔一〕指町小路的女人。
〔二〕兼家天历十年（956年）九月十一日任少纳言，应和二年（962年）正月七日任从四位下，同年五月十六日任兵部大卿（公卿辅任）。

他回和歌：

丝断深悲无意捻，依君在官署，吾可暂不去。

亲王立即回信：

夏纱需丝两三目，你有娇妻两三位，无暇来官署。

他回和歌：

夏纱需丝七八目，娇妻不止两三位，游刃又有余。

亲王又回复：

白丝如何无忧断，你我就此话题了，免生节外烦。

亲王说：『你有两三位妻子确实说少了。再说下去需要顾忌很多，趁着未引起不快，我们暂且作罢。』

他回和歌：

盟誓男女间，或有情缘断，男子之间无避嫌。

从五月二十几日开始，因为有四十五天的方位避忌，我搬到历任地方官的父亲住处暂住，亲王就在一墙之隔的地方。直到六月，雨都下得很大，他和亲王都被雨困住，无所事事。我的住处比较寒酸，侍从因为屋内漏雨忙成一团。亲王那边送了一封信后，他们开始交流，最后甚至有点疯狂了。信如下：

连雨绵绵无聊赖，忽见邻府因雨忙，顿觉情趣盎。

他回和歌：

长雨时节世人忙，不止我府上，无暇闲适把雨赏。

于是亲王又这样回复：

说你『无暇闲适』？

连雨世人难，相会路阻不得见，吾亦泪湿袖无闲。

他回歌答：

恋人多位不得见，相思泪流无暇干，君必如这般。

亲王又回复：

君因多情泪不干，我单恋一处，无须相会路。

我们俩看着信，感慨道：『这个人讲话真是奇特。』

雨停了，他去了常去的夫人那里。某一天，亲王又送来了信。侍女说：『已经跟使者回复说「大人不在」，但使者说「那也请收下」，硬让我们收下了。』说罢就拿过来给我看，只见纸上写有：

采君墙根石竹花，聊慰相思心，君居此处可知否？

这样做也没什么意义，还是离开吧。

大约过了两天，他来了，我跟他说了收信经过，并给他看了信。他说：『已经错过了回和歌的时机，现在再回不合时宜。』于是他回复：

最近没有收到您的信呀。

他故作不知地回复后，又接到亲王的来信：

海滨水涨消鸟迹，你们恩爱冷拙笔，吾信落何处。
虽然这么想，但又无法恨。您说要过来，是真的吗？

亲王特地用柔和的女性假名写的。可他却用生硬的男性字体〔一〕回复，想必亲王看过后会伤心吧。他是这样回的：

〔一〕直接使用汉字楷书、行书写，并标注日语读音的假名。

海滨隐鸟迹，待到潮退尚可见，家妻藏信盼再现。

亲王又回：

海水潮退无鸟迹，信中无别意，恐负君所期。

没想到你们误会了。

就这样六月祓除的时期已过，明天该是七夕了吧。四十五日的物忌约已过了四十天。最近我身体不太好，咳得严重，想着该不会是有鬼怪作祟吧，请个加持诵经祈祷吧。但是现在住的家这么窄小，天气又热，我们决定一起去常去的山寺。七月十五六日正是准备盂兰盆节〔一〕供品的时候。看到大家有的挑、有的扛、有的顶，以各种奇怪的姿势来来往往准备供品，我俩都觉得比较有趣，笑了起来。后来我身体也没什么大碍了，避忌也已结束，我们便回了京城。就这样走过了秋冬。

〔一〕日本的传统节日，每年七月十五日为祭奠死去的祖先、亡灵而准备贡品、举办法事。

十三　亲王兼家同观祭　亲王府处索芒草

又是新的一年，没有什么特别的事情。只要他不同于以往，对我好，我就觉得岁月静好。从这个月初起，他被准许升殿了。〔一〕

贺茂祭前是斋院的祓禊仪式〔二〕，上次的那位亲王又送来了信：

如果您也去参观祓禊，希望能够乘坐您的轿舆同往。

信的末端写了这么首和歌：

〔一〕这一年是应和三年（963年），正月三日起兼家作为公卿辅任被准许升殿。一度退殿后又被允许再次升殿，被称为还升。

〔二〕贺茂祭之前斋院到贺茂川进行洁净污秽的祓禊仪式。

正值新年时，〔一〕

但亲王并不在常住的府上，我们琢磨着他是不是去了町小路一带，一打听，那边果然回话说『亲王正在此处』。我们暂且借了笔砚，这样写了信送进去：

春迟亦先访城南，方知居所迁，虽晚急来参。

然后亲王与我们一同去观看了祓禊仪式。

时节一过，亲王又搬回原来的房子，我们又去拜访。去年拜访时花开正妍，现在芒草簇拥而生，修长繁茂，异常惹人喜欢。我问道：『如果可以分株，能否分我一些养呢？』过了不久，陪他一起去贺茂河原时，他对一起出行的人说：『这就是那位亲王的府邸。』并派使者前往告知亲王身边人：『非常想前往拜访，但是因为有他人同行不便打扰，故失礼而过。前几天拜托的芒草之事还请挂心。』然后我们从门前经过离开了。因为是简单的祓禊，所以我们很快就回

〔一〕和歌第二句起原文有所脱落，和歌后应该是兼家同意的回信以及祓禊当日兼家与『我』同车前往亲王住处迎接等的叙事。

家了，只听侍女禀报说：『亲王派人送来了芒草。』只见其用长箱整齐地装满挖好的芒草并附有打好结的青色和纸。打开一看，如此写道：

草抽穗时惹人怜，引人驻足赞，迎合君意割爱赠。

和歌写得非常有趣，但是自己如何回的，因为不是什么佳句所以几乎不记得了，暂且先这样记下吧。不过之前的和歌与记事中应该也有类似不值一提的词句。

十四　兼家当值夜孤眠　思虑重重心不安

春过夏始，他夜晚当值的日子越来越多。一天，他一大早过来待了一天，晚上又要去殿上当值，我觉得有些奇怪。正好听到茅蜩〔一〕的初声，不禁有些意外与伤感，原来马上就到秋天了，我吟和歌：

〔一〕茅蜩的日语发音为『ひぐらし』，与白天在此生活的『日暮し』（ひぐらし）语音双关。

今闻茅蜩在此鸣，夜晚不知何方停，行踪诚不明。

他听后不好再出门，便留下了。之后，就这样安稳度日，并无什么特别的事，现在看来他对我还算用心。

据说月夜之时，沐着月光交谈不吉利〔一〕，可怀念起以前两人敞开心扉地真诚交谈的日子，我心情有些低落，不觉吟出和歌：

月被云遮向何方，妾之将来亦迷茫，何者更渺茫。

他开玩笑般回复：

〔一〕此迷信据说来自对白居易『莫对明月思往事』诗句的延伸。

月被云遮亦西走，汝之将来付于吾，两者皆勿忧。

这话听上去令人安心，但是他似乎并未将此处作为终身的家，而是另有选择，夫妻之情并没有我预想中的如意。我多年来一直伴于他身边，却未能为他生下多名子女，他又是那么幸运，官场亨达。在这种不安的状态下，我总是思虑重重，忧心忡忡。

十五　病弱母亲终离世　内心痛苦总追忆

尽管我如此落寞，但母亲还在，就能勉强打发时日。可母亲在长期患病后，于秋初离世。我孤独无尽，伤悲无限，绝非常人所能体味。多位亲人中，只有我神志恍惚，只想追随母亲一同去了。那感觉竟如同灵魂出窍，不知为何，我感觉四肢乏力，近乎窒息。可这时候，我能托付后事的那位他却身在京城，我在山寺已经这般状态，气息奄奄，只好把幼子叫到身边，努力挤出几句话：『我可能就这样去了，希望你转告你父亲，我的后事不必讲究，但是你外祖母的葬礼与法会，要比别人办得更体面。』说罢，我又加了句『该如何是好啊』，便说不出话来了。对于久病已故的母亲，周围的人觉得已经如此，无能为力了。但大家极其担心我。很多人聚了过来，哭作一团，伤心不已。『如何是好啊！怎么成这样了？』我虽然说不出话，但是意识清醒，眼睛也看得见。这时，担心我的父亲靠了过来，说：『你的亲人不只是已走的母亲，还有我呢。为什么痛苦成这样？』然后硬把汤药灌入我口内。服过药后，我身体渐渐恢复。尽管如此，我还是感觉如死去一般。想起已故的母亲抱病在床时，看我总是日夜叹息过着不安的生活，她不说别的，只是叹息着念叨：『唉，你今后打算怎么办啊？』我再度悲伤，觉得自己已然死了。

他听说后立即赶了过来。我那会已经意识不清，什么都不知道了。侍女见了他，汇报了这边的种种情况，他听后流着泪，不顾污秽一定要进屋看看。大家阻止说：『万万使不得。』他只好站在外面看着〔一〕。他那时的态度，让我切实感受到了爱意。

就这样，很多人为了母亲的后事操心，一切进展顺利。大家现在都身着丧服聚在山寺里哀

〔一〕当时人们认为，如果遇到不洁之事，只是站着不落座的话，便不会触秽。官员如果触秽，一段时间内不被允许进宫奉职。

悼，静静地，我不由思绪万千。我彻夜未眠，叹息至天明。远眺群山，只见雾气从山麓笼起。回京城后，我又将依身于谁呢？我真想终世于此，可又有放心不下的幼子，我甚至有些怨恨儿子了。

这样又过了十几日，我听到僧侣们念佛空暇闲谈。『听说有个地方能清楚看到已故之人的身姿，但是靠近看的话就消失，只有立于远处才能看见。』『何方圣土呢？』『据说是耳乐之岛。』听到他们的聊天，我非常想知道是在何处，内心不由悲伤，随口吟出和歌：

即使远望亦想见，名为耳乐岛，请让耳闻居何方。

一位兄弟听后，哭着回应：

只是听闻耳乐岛，即便母上隐此岛，茫茫何处找。

为母亲办理后事的这段时间，他或者来站着看看我，或者派使者过来，每日都要安慰。可不管他怎样安慰我，我现在都没有回应的心情。他送来了诸多表达因为讳忌不得相见而焦急、担心的信件，多到我甚至有些厌烦。因为当时我精神恍惚，所以不记得他写的具体内容。

虽然我不着急回京，但是也不能任性而为，今天便是与大家一起离开寺庙回京的日子。来山寺的路上，母亲横躺着枕在我的膝上，我一直想着如何能尽量让她躺得舒服些，一路上紧张、忙碌得浑身是汗。但是我当时觉得无论怎样病重，母亲还是有希望好起来的。这返程的路上，我一个人可以坐得很舒适了，车内十分宽敞，我却不禁一路悲恸。我到家后下车一看，感觉一切都那么陌生，又悲伤不已。曾经我和母亲一起在厢房门口旁边侍弄的花草，自从母亲患病就一直未打理，现在草茂密地长着，花杂乱地开着。家人们都尽心周到地准备着供品，我却只是茫然不知所措地陷入沉思，随口吟出『芒草已丛生，虫鸣寂寥增』[一]的和歌。内心想着：

未经照料花却盛，概是亡母留慈露，润花细无声。

家人中没有可以登殿出仕的高官，所以不必避秽，我们决定将房间用屏风隔成一间间的小房

[一]古今和歌集·哀伤中的和歌：君植芒草已丛生，虫鸣寂寥增，满是荒野情。此文中只化用了部分和歌。

间，以让家人暂居，一起服丧。纷乱抹不掉我的悲伤，从晚上听到诵经声开始，我一直哭到天明。四十九日的法事，家人齐聚，在家举行。我的那位他，承揽了这件事，很多人前来吊丧。为了表达供养母亲冥福之心，我请人画了佛像。这一天过后，亲戚们纷纷搬回自己住处。我内心感到前所未有的空落，愈发脆弱不安，他很理解我的这种孤独无依感，所以比以前更加频繁地来看望我。

带母亲去山寺时，走得比较急，家中四处散落了些东西，我为打发时间便整理了起来。看到母亲以前常用的衣物、写的信等，睹物思情，悲痛欲绝。母亲病情恶化，受戒接受保佑那天，旁边的僧人将自己的袈裟披到了母亲身上，袈裟因沾染上了秽气而被混在众多遗物中，收拾时意外被我找到了。我想着还给原主，天色未亮时便起身写信，刚写到『这件袈裟』，便泪眼蒙眬。

故人升乐土，化作莲叶玉珍珠，睹衣湿袖泪如露。
这件袈裟赐福于母。

写完我差人送了过去。

袈裟主人的兄长也是位法师，也曾受我邀请做过祈祷，我比较信赖他，听说突然离世了。身为旁人的我尚且深感惋惜，这位当弟弟的，内心该如何痛苦。我想着为何偏偏自己信赖的人不断这样，内心烦乱，无法平静。我不断前去看望这位法师。机缘巧合，这位法师的兄长生前曾为天台宗的云林院高僧。高僧的四十九日法事过后，我让人送去了这首和歌：

未料令兄往彼岸，舍弃云林化作烟，请节哀顺变。

自己那时候的心情，极度悲凉，只想浪迹原野，或者隐居深山。

十六　转眼亡母周年忌　抚琴追忆再悲戚

世事无常，已过秋冬。现在我同一位兄长、一位姨母住在同一个宅院里。我把这位姨母视作母亲来待，但还是怀念母亲生前的时光，以泪度日。改年更岁，春夏又逝。转眼服丧期结束，到了母亲周年忌法事的时候了，法事要在母亲离世的山寺举行。我想起母亲离世时的情景，不觉悲恸万分。负责安排法事的僧师，开始就说了些触动人心的话：『诸位聚集在此，并非为秋日的群山之趣，而是为了在故人的永眠之地，悟经祈福。』我闻此悲伤不已，神志恍惚，完全不记得接下来发生的事了。例行的法事结束后大家就回去了。之后要脱下丧服，不仅是深灰色的丧服，连扇子也要一并进行祓禊仪式，这时我想道：

丧服濯祓禊，伤悲胜却身着时，泪流成河将岸溢。

我泪流不止，所以这首和歌未跟任何人讲。

母亲忌日已过，我却依然感觉茫然无依。我并非有意弹和琴，只是拂去灰尘时随意弹拨。我心里想着，服丧期已经结束了，母亲离世后不觉间已过了一年啊，为何我还这般哀伤。姨母那边送来了和歌：

丧期虽已济，忽闻琴声忆往昔，愈发情悲心伤戚。

此情此景，非常平常，但是这种追念故人的悲伤心情，还是让我不禁恸哭。

故人无再还，知音不在断琴弦，只留忌日年轮番。

十七 难舍姐姐将远行 互换衣物作念影

兄弟姐妹中我最依赖的姐姐〔一〕，因其夫赴地方任职，这个夏季本该随夫远行，但需为母亲服丧，故拖延了出行日期，最近必须要动身了。想起这个，自己那种无依无助的心情无以言表。现在到出行日期了，我要前去见姐姐一面。我把一套衣服、放有一些小物件的砚台盒，作为饯别之礼拿了过去。只见她家人多喧闹，我和姐姐都没有抬脸看对方，只是垂眼对坐，默默流泪。周围的人说着『为什么还要哭成这样？』『克制一下吧。』『好像出行前流泪不吉利的。』，等等。我这种状态，如果看着姐姐乘车离去，该会多么痛苦。这时家里派人来接我，转达了他的

〔一〕该是前文提到过的姐姐，藤原为雅的妻子。

话：『早点回来，我来你这里了。』准备上辇车时，我跟姐姐脱下上衣，互换后分别了。当时即将远行的姐姐穿着蓝紫色的外褂，留在京城的我穿着薄薄的橙黄色外褂。那是九月十几日的事情。回家后我也忍不住痛哭，以致他都觉得不可思议，『为何哭得这么凶呢？不吉利的』。

今天这个时候姐姐应该到了逢坂关一带了吧，月色令人思绪翩翩，沉思中我听到姨母那边尚未休息，好像在弹和琴且送来一首和歌：

逢坂山之关，未将惦念之人留，抚琴闻音泪湿袖。

姨母作为亲人，想必也和我一样惦念着姐姐啊。我回和歌：

正思逢坂关，忽闻朽目琴之音，泪流不止腐袖襟。〔一〕

就这样我惦念着姐姐，又过了一年。

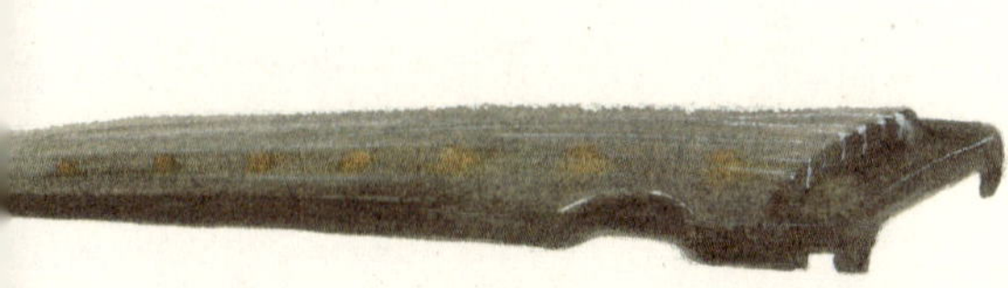

〔一〕朽目（くちめ），一种名贵的和琴，与表达腐烂、腐蚀的『朽ち目』（くちめ）谐音双关。

十八　兼家病痛诉别离　夫处过夜情依依

大约三月，他正在我处，突然发病，痛苦挣扎，看似苦不堪言。『我非常想留于此，但繁事诸多，在此处理极为不便，所以我要回自己住处。不要怨我薄情。突然想到自己余生时间不长，我特别痛苦。可悲啊，想到我死了却没有留下值得你怀念的事，真是伤心啊。』言罢他开始哭泣。见此情景，我茫然不知所措，只是一味悲伤地哭。『不要哭，这样我会更痛苦。在意想不到之时分离是最痛苦的。我走之后你打算怎么办呢？不能一直孤身一人吧？但我希望你在为我服丧期间不要另结他好。我即使未死，恐怕这也是最后一次见了。即便不死，以我这病弱的身体恐怕也难以到此来看你了。只要我还活着，无论如何也想让你到我府上去趟，可还未实现我就成了这样。如果就此死去，这将是最后一次见面了吧。』他躺在那里伤心地诉着、哭着，又把我家中的侍女们叫到身旁，说：『你们也都看到了，我心里有多挂念这位夫人。想到如果就此死去，不能再相见，实在是痛苦。』大家听后无不感伤泪下。我更是说不出话，只是一味地泪流不止。眼看病情加重，他想备车回去。可他已十分虚弱，只能让别人帮忙扶起自己，被搀扶着勉强登车。他仍不忘回头看向这边，默默凝视着我，看上去痛苦落寞。我留在家里，痛苦自不必说。兄长劝说：『为何哭成这样，不吉利的。又没发生什么大事。我也一起乘车过去吧。』说罢便也一同乘了车，抱着病弱的他，一起随车远去。我的惦念之情无以言表。一日之内送去两三次书信。或许会有人对此心怀不满，但我已经无心顾及了。他的回信都是由身边一位年长的侍女代写。信中写道：

大人总说，不能亲自给您回信非常痛苦……

听说他的病情恶化，正如他所言。我不能去他府邸亲自照料，只能一味叹气，焦虑却不知所措。这样挨了十余天。

听说在高僧诵经、祈祷之下，他病情似乎有所好转。不日，果然收到了他的亲笔来信。

不知为何，这些天病仍未痊愈。或许因为未曾经历过此种病痛，对你更加惦念。

或许是没人时他这样絮絮地写的。他还写道：

我状态好多了，知道你不能公然前来，伴着夜色来吧。毕竟这么久都未见到你了。

虽然顾虑着别人会如何议论，但是因为我特别惦念他的病情，而且他在信中反复写同样的话，也是没办法，最终我决定不顾非议，回复：

那请派车吧。

我到了以后，只见寝殿旁边长廊里，有一间房间收拾得整洁干净，他在靠外的地方躺着等我。我让侍从灭了灯后才下的车，周围一片漆黑，连门口都寻不到，只能站在那儿。『怎么了？在这儿呢！』他说着便牵了我的手把我领了过去，还抱怨道：『怎么这么久才来？』我们陆陆续续地聊了下各自的日常。过了一会儿，他说：『把灯点上吧！太黑了。你什么都不用担心。』屏风后面亮起微弱的灯光。『斋期刚过，我还未吃开斋的鱼什么的，知道你今夜要来，想一起享用，已经准备好了。上饭！』然后侍女把饭端了过来。刚用了会儿餐，因为夜已深，最近负责为他在家诵经祈祷的僧师们要进屋给他做一种护身法。他说：『诸位请休息吧。我比以前有所好转了。』一位高僧说：『看上去您确实有好转。』他们便起身离去了。

天明后，我说：『召唤侍女们过来服侍吧。』他说：『什么呀！天还黑着呢！再等会儿。』又一起待了会儿后，天亮了。他叫来侍从把木格窗扇吊起，望向窗外。他悠然地望着庭院说：『你看，院子里的花草长势如何？』我着急回去，回话说：『时候不早了，再不走该引起别人注意了。』他却说：『何必着急，没关系的。现在一起用粥吧。』就这样又拖到了上午。后来他说：『那我跟你一起回吧。你恐怕不想再来了。』我急忙回：『我这样前来，还不知别人如何议论，若被认为是特意前来迎接您过去，那该如何是好？』他无奈道：『那没办法了。』并命令侍从们备辇车。等辇车靠近后，看着他举步维艰走到车旁，我内心满是伤悲，看着他问道：『何时去看我？』说着便忍不住泪水盈盈。他说：『想到你便寝食难安，明后天去看你。』那场面满是依恋与不舍。侍从们将辇车移至中门，将牛驾到车辕上时，我从车内隔帘望去，见他回到了屋内，正落寞地望向这边。看到他这样子，辇车启程后，我仍不禁频频回头望去。

到了中午，他便来了信，写了很多，并附和歌：

曾思再难见，却得须臾又相伴，别后更思恋。

我回信：

看您依然遭受病痛，内心牵挂不安，与您道别后更觉孤寂与思恋。

吾情同戚戚，归途心酸寝难安，苦至不可思。

两三天后他亲自来了，看上去还是没有康复，只是强忍着不适。等他身体渐渐康复之后，来我这里的频率也恢复到以前的状态了。

十九　贺茂祭巧逢时姬　端午节与夫共赏

四月时节，我外出观看贺茂祭，他的那位夫人〔一〕也来参加了。我感觉应该是她，便将车停

〔一〕指时姬。

在了她对面。在等待祭礼队伍到来的当空里，手头无事可做，我便将身边现成的柑橘配上葵叶，遣人送去和歌：

葵祭相逢日，为何装作不相识，近在咫尺立。

过了段时间，对方遣人送来答歌：

葵桂能相逢，何必怨怼态度冷，君之薄情今日领。〔一〕

侍女们见后，有人议论：『该是常年一直怨恨着我们，为何单单限定「今日」呢？』回去后，我跟他讲了此事。他开玩笑道：『她没说「恨不能把你当作柑橘吃掉」吧？』并兀自以为此话趣味横生。

〔一〕是对古今和歌集·物名中『可怜桂与葵，一年一度一相会，何必生怨怼。』的活用。

据说今年五月五日要举办端午节会[一]，世人非常关注。我很想去观看，可惜已无座席。他曾无意间对我说过：『若你想去……』我便留记在心。之后的某日他邀请我玩双六[二]棋，我说：『好呀，就赌端午节观赏座席。』最后我取胜，高兴万分，开心地忙着做观赏准备。深夜时分，夜深人静，我拿过笔砚，顺手习字：

沼泽菖蒲排，数株迫把端午待，急欲观赏不可耐。

给他看后，他笑着吟和歌：

深沼菖蒲密，株数如麻无人知，座席未明何必急。

〔一〕五月五日的端午节会，宫廷不仅设宴，还要举行骑马、射箭等比赛助兴。康保元年（964年）、二年，因皇后丧事暂停举办，所以再次举办受到关注。另外，端午节有用菖蒲装饰庭院屋顶或者插艾蒿驱邪的习俗。

〔二〕双六（すごろく），起源于埃及或印度，奈良时期以前由中国传入日本，是一种室内游戏。盘上各置**15**枚棋子，一方为白，一方为黑，通过从筒里摇出的两枚骰子的点数来行棋，全部棋子先进入敌阵一方为胜。

其实他从一开始便计划让我去。我们的座席紧挨亲王观赏席，有两间〔一〕之大，事先已收拾洁净得体，我开心地观看了仪式。

二十　家宅愈发趋荒芜　夫妻感情日渐疏

这样的婚姻生活已持续十一二载，表面看似夫妻和睦，实则每日忧愁叹息。我哀叹自己命运不济，哀叹夫妻关系不尽如人意，愁思绵绵，郁郁度日。但我也只能如此，境遇实在悲凄。到了夜晚，他不能来访时，宅院内人丁稀少，我只觉翼翼不安。我迄今一直依赖父亲，可这十余年他一直任地方国司，只是偶尔回京，即便回京也居于四五条之处〔二〕，而我居于左近马场附近，相隔甚远。这所宅院让我心觉不安，而且也无人为我管理，越发荒凉。他竟能淡然地出入，许是丝毫未曾注意到我如此担心与不安吧！我就这样乱想着。荒芜的庭院内蓬草丛生，他

〔一〕观赏席比地板高出一块儿，柱与柱的距离称为『间』。
〔二〕京城地区，以条划分，有一条至九条。作者所居的左近马场，据河海抄在一条西洞院附近。

总借口公务繁忙，不肯前来，理由多于蓬草。枯坐凝思中，已是八月。

某日我本心情闲适，悠然而度，却因琐事与他发生了争执。两人都出言不逊，最终他愤然离去。到了门口，又唤出幼子：『我不打算再来此处。』说罢他便走了。

幼子回来后，只是大声啼哭，问他『怎么了？发生了什么？』也不作答。料想该是他对幼子说了过分的话，但碍于旁人在场，不想自己过于难堪，我便不再追问，只是略做安慰。就这样过了五六天，他音信全无，这次冷战比以往持续时间都长。这算何事，本只当戏语来讲，未曾想到事态至此。夫妻之情本就脆弱不堪，这样就此断绝，也是极为可能的。想到此，我更加忐忑不安。思绪纷乱中，忽然看见他愤然而去的那日用过的泔杯[一]中的米水依然在此。水面上已浮有微尘。我未曾料到会事至如此，不禁想：

水中若映影，欲问是否已断情，无奈水草遮君影。

正好这一日，他又来了。跟以前一样，我们虽然身居一处，却心存隔阂，并不融洽。这种

〔一〕泔杯（ゆするつき），日本古代朝臣用米汁或淘米水梳头发，泔杯为盛米水的带盖碗装器皿。

总是紧张不安的生活状态，无尽无止，简直令人不堪忍受。

二十一　外出虔诚参神社　真心献上奉纳歌

时至九月，世间景色颇富情趣。我想着到某处去参拜吧，也为我这不幸、无依之身做个祈祷。于是我悄悄前往某处参拜。我先在一串奉纳神灵用的币帛〔一〕上，奉了这样一首和歌，敬给下面的神社：

若有神灵居此山，敬请入口显灵验，真心诚祈愿。

又给位于中间的神社奉了和歌：

〔一〕日语为『御幣』(みてぐら)，是奉纳神灵的供物。主要指币帛（幣·ぬさ），是用作除灾求福的『钱』，用棉、布、纸等做成并串成串献给神灵。奉纳时所咏和歌为『奉纳歌』。

神木长生稻荷山，移入家中祈福缘，木盛吾命艰。

给上面的神社奉：

向神祈祷尽诚虔，无畏上下山路艰，为何幸不眷。

同年九月末，我又去某处神社，参拜并祈福了。我在每个神社各奉两串币帛，给下面的神社奉：

福若净手川水滞，上社神阻抑，抑或自身命不济。〔一〕

另一首：

〔一〕『御手洗』（みたらし），指参拜者进入神社参拜神灵之前洗手、漱口的地方。御手洗川，则指流经神社附近，供人净手的河流。和歌用上方水流阻塞还是下流水草淤积之意，暗指自己愿望不能实现是因上方神灵阻抑还是自身本就命运不佳之意。

常绿神木系木棉〔一〕，虔向神祈愿，诚求余生无恨烦。

给上面的神社奉：

不知何日起，久盼神显意，贺茂神木透光熠。

另一首：

袖系木棉襷〔二〕，余生若再无悲叹，必是神灵验。

在神灵闻不见之处，我轻声咏念。

〔一〕木棉（ゆふ），将楮树皮纤维蒸后浸于水漂洗，制成线状，作为贡神的币帛系于神社的常绿树木（榊）上。

〔二〕襷（たすき），和服袖口束带。为活动方便将袖子系在背后用的带子，此处作『結（むすぶ）』的引词用。

秋季已过，冬季也从初冬到了年末。辞旧迎新之际，不论贵贱，大家都在忙碌。他久未露面，我独自孤寝更年。

二十二 闲来累雁卵十枚 附和歌赠九条殿

三月末，我见手边有雁蛋，便想累十枚蛋尝试一下。闲来无事，我先用手试着将生绢丝捻长，缠在一枚蛋上，系结，再缠绕，再系结，如此反复。最后提起一看，竟相连甚好。与其这样放着，不如赠予九条殿女御〔一〕。于是我在信上附了一枝卯花，并着蛋派人送了过去。我没写什么特别的话，只是用普通的信纸，在一端写道：

听闻累蛋十枚甚为困难〔二〕，这样尝试，也并非不可。您不念我，我也可以念您。

〔一〕九条殿女御，藤原忯子，藤原师辅之女，藤原兼家的同母胞妹，冷泉帝从四位下女御，居于九条殿。女御在天皇妃嫔中地位较高，仅次于皇后。

〔二〕可能借用中国典故『危如累卵』，在平安时期的和歌里常用来比喻事情困难。

九条殿女御这样回复：

累蛋十枚尚可数，念汝之心不可度，何以将其估。

我再回复：

无卵难以孵，不言难知君思吾，请示念之度。

听闻此蛋后来被送给了第五皇子守平亲王。

二十三　和歌慰问先皇妃　为出家夫妇伤悲

时间来到五月。十余日，我听闻天皇御体欠佳。没过多久，二十余日，天皇驾崩。东宫〔一〕即位。曾任东宫亮〔二〕的他，随即升任藏人头〔三〕一职。我虽然同世人一样，为天皇驾崩而悲伤，可近来听到的尽是对他升迁的祝贺之声。作为他的妻子，我对前来祝贺的人答礼，表面上也与他人无异，但是我内心依然觉得与从前无异，孤独无依。不管怎么说，周围的气氛不同于以往，洋溢着庆贺与热闹。

听人说起什么皇陵，我不禁想到，曾经受宠的那几位妃嫔，现在该如何伤悲，自己不免为她们哀叹。时光渐逝，不知贞观殿那位〔四〕现在过得如何，于是我送去和歌慰问：

世间本无常，皇陵映山苍，恐为此叹又心伤。

〔一〕东宫，通常指皇太子。此处指村上天皇的二皇子，宪平亲王，后为冷泉天皇。
〔二〕东宫亮（とうぐうのすけ），律令制中四等官的第二位，东宫房官署的辅助政务次官。
〔三〕藏人头（くらうどのとう），藏人所（くらうどどころ）常置的重职。
〔四〕贞观殿，藤原登子，藤原师甫的女儿，藤原兼家的同母妹。

她的回信中透出悲伤：

> 恨己不能随帝去，只留吾身空悲苦，心赴冥山途。

先帝四十九日忌日过后，已是七月。在殿上供职的兵卫佐〔一〕，年纪尚轻，也未听闻有何烦恼，却舍亲弃妻，前往比睿山，遁入佛门。周围人议论纷纷，正觉哀惜，却又听闻其妻削发为尼。之前我与她有过书信交流，听后更觉意外，颇受触动，我就此事送去和歌慰问：

> 才叹夫君入山寺，又闻汝为尼，为何两相离。

她派人送来答歌，虽身为尼姑，但笔迹仍如从前，我不觉怀念：

〔一〕兵卫府的次官，藤原佐理。

女身难入深山寺，无从伴夫两相依，入庵两相离。

真是令人悲伤。

世道如此，他却先是升为中将，又升为三位[一]，频有高升之喜。他对我说：『你现在离我住处较远，我这边事情较多，有时不方便，所以在附近为你准备了宅子。』让我搬了过去。因为新居他不用乘车也能到，故世人会认为我该非常满足了，他肯定也这么想。那是十一月中旬的事。

二十四　贞观殿入住西厢　和歌赠答交情深

十二月末，贞观殿从宫中离开，搬入我现在住处的西厢。大年三十这天，大家在举行驱鬼

[一] 位是日本朝廷诸臣爵位高低的衡量尺度，从一位到八位（最低位）共三十级，各有正、从之分，四位以下有上、下之分。其实根据史料，兼家于翌年安和元年十一月二十三日升为从三位，所以作者称为三位。

祈福〔一〕仪式。从中午开始，处处都是叮叮当当、吧嗒吧嗒的声音，我不由得时常独笑。过了今夜，便是元旦。天亮后，未见客居的贞观殿处有什么贺年的男子前来，比较安静，我处也是一样。听到不远处他的府邸一派热闹，我随口吟出『明日开始迫切待』〔二〕等古和歌，而后不觉苦笑。旁边的侍女手头无事，将栗子饼用丝线包成礼品样，用一个木头刻的仆人担着，这个小人偶一只腿上还带有结瘤。侍女拿来给我看。我将手头的一张色纸贴在人偶的小腿上，写了这样一首和歌送给贞观殿：

单腿结瘤苦，聊有担杖减痛楚，单思之苦如何除。

对方将扁担端上的栗子饼换成了一小捆切短了的干海带，在人偶那条细腿上也削了个木瘤，并将原来的那个结瘤刻得更大，给返了回来，回和歌：

〔一〕日本平安时期，除夕夜在宫中大规模举办『追傩』仪式，为一种驱除恶鬼、病疫的仪式。据传源于中国，文武天皇时期传入日本。

〔二〕引自古今和歌六帖·第一的和歌：更年易岁时，明日开始迫切待，唯有春莺啼。此处等待的是兼家来访。

终获扦枝瘤却大，恋人得相见，有时苦超单思念。

太阳渐渐升高，对方似乎在享用年饭。我这边也是同样。正月十五也如往年般度过。

转眼已是三月。他写给贞观殿的信，错送到我这里来了。打开一看：

近期想去看你，可是你旁边的人或许会说『该来看我』。

他们兄妹平时亲密惯了，所以也能这般玩笑，但是信中毕竟提到了我，于是我在信末用小字写道：

松山风吹波才起，频访贵邸亦无嫌，擅揣他者意。

写罢，我差下人送到对面女御处。对方看过立即回信：

松岛风吹波随舞，兄长书信送错府，皆因心系汝。

这位贞观殿将代替已逝的妹妹抚养东宫太子，因此不久后便要入宫。她常对我说『我们就这样分开了吗』『真想多待段时间』之类的话。于是有天晚上我前去拜访。正好这时，他来到了我处。听到声音后，贞观殿说：『你听你听。』看我假装没听到，又说：『听声音孩子脾气的某人是要睡觉了，再不回去就要闹脾气了哦，快回吧。』我说：『乳母不跟着，孩子一样睡，放心吧。』迟迟不肯回去。家里也来人反复催了，我无法再静心交流，便回去了。贞观殿第二天傍晚，便入宫了。

五月，贞观殿为先帝服丧期满，需要出宫举办脱丧服祛祓仪式。本打算与上次一样，暂居我处，但是贞观殿说『做了个不吉利的梦』，于是最终暂住他的府邸。之后她也频做噩梦，于是问我：『有没有什么解梦破灾的方法？』七月的一个月明之夜，她给我送来了这样的信：

噩梦频现无计除，辗转苦难眠，深感夜漫漫。

我这样回复：

噩梦如难解，移步鄙处意如何，久未相见思情切。

她回复到：

实非久未见，梦中刚相见，仍恋梦境无暇见。

我再次回复：

实难相见徒思念，相会遥无期，只有梦中见。

她再次回复我：

别说什么『实难相见』，对我们关系不太吉利啊。
咫尺却如河隔岸，为此心烦乱，勿复言实难相见。

我回复：

身隔两岸相见难，身难越河川，心无隔阂把君念。

就这样，两个人和歌赠答了整夜。

二十五　多年夙愿终实现　迈出家门赴初濑

我多年来有个夙愿，一直想去初濑参拜，原以为下个月能出行，结果还是未能如愿，到了九月，我终于决定动身。他听后说：『下个月有大尝会〔一〕的祓禊仪式，我家有人将担任仪式的女御代〔二〕，仪式结束后，我陪你一起去如何？』这件事跟他没有关系，所以我暗自决定自己出行。因为原定出发的日子正好是凶日，所以我提前一天出门到了法性寺一带，翌日黎明前出发，午时〔三〕左右到了宇治院。

透过林间，只见对面的河面波光粼粼，我感触良深。我想着尽量别惹眼目，所以只带了很少的侍从出来，当然也是因为我准备不足。我突然想，如果换作别人，该是兴师动众地出行吧。侍者调转牛车方向，拉开帷帘让车尾的人先下车，然后向河边驶去。透过卷帘望去，河面布满冬季用来捕鱼的鱼簖。我从未见过众舟泛于水面的光景，觉得一切都能触动内心，颇有情趣。向后看去，走累了的侍从们，用手拿着干瘪的柚子与梨子很小心地吃着，这样子也惹人怜爱。用过餐后，我们用舟载上车子渡河，然后继续前行。我一路不停确认着，这是贽野池、那是泉川，看水鸟成群，我内心不由感慨，深感妙趣横生。此次我是悄悄出行，随从又少，遇事

〔一〕天皇即位后，首次用新谷祭天地的仪式。

〔二〕女御代，指代替女御（皇帝的妃位之一）出席仪式的女性。兼家与时姬的女儿超子，担任此次女御代。超子此年（安和元年）十月入宫，十二月正式成为冷泉天皇的女御。

〔三〕旧式计时法指上午十一点钟到下午一点钟的时间。

容易伤感落泪。接下来该过了那泉川，继续南行。

我们最终宿于桥寺。我们于酉时〔一〕到达，下车休息。厨房先送来一道将切碎的萝卜淋上柚子汁的凉拌菜。这种旅途经历，竟成为难以忘怀的、有趣的回忆。

天明后，渡过泉川，继续乘车赶路。途中我看见零零落落的围有篱笆的院子，我边行路边想着，哪处该是物语中出现的房屋呢，真是别有风情。今天我们也住在寺院，明天将住在椿市。又过了一天，清晨白霜未消，只见好多人小腿上绑着布条，来来往往，异常热闹，该是去参拜的吧。我们选了间格子窗开着的房子住下。等着准备沐浴用的热水的期间，我向窗外望去，只见形形色色的人来来往往，想必其各有各的烦恼吧。

过了一会儿，有人送来书信，站在那里说：『有您的信件。』我打开一看，只见信上写道：

今天我甚是挂念你，为何这样急匆匆地出门呢？随从又少，一路平安吧？还是如之前所说，打算参拜三天？告诉我预定返途的时间，至少让我去接接你。

〔一〕旧式计时法指下午五点钟到七点钟的时间。

我回信道：

已平安抵达椿市，接下来将去深山，请恕归期无从告知。

周围的人商量着『在那里连住三天进行参拜，有点困难吧』，信使听完后便回去了。

我们从那里出发不断前行，沿路没什么特别，让人觉得似已进入深山。山涧的水声听上去也颇有情趣，那两棵和歌中有名的杉树，依然如以前那样立在那里，直冲云霄，树叶摇曳生姿。河水流过石缝，潺潺而进。我看到夕阳映照的美景，深受触动，不禁泪流不止。在这之前路上的景色并无特别之处。红叶尚不够有韵味，花也已零落，只有枯萎的芒草映入眼帘。这一段路别有风情，所以我卷起车帘，将内帘左右拨开固定好，夕阳映照下，只见身上的衣物颜色黯淡。但是我外披一件淡紫色薄裳裙后将腰身绸带交叉相系，与枯叶色的和服搭配也别有风趣。进入寺院后，我看到一些乞丐席地而坐，身前摆着碗啊、锅啊什么的，特别可怜。我感觉进入了低贱者的世界，心境并没有预想般清爽。夜里登入大殿参拜时，不能睡觉，但我也并未忙于修行，所以常无意间听到别人的祈祷。一位看着还算得体的盲人，大声祈祷着自己的心愿，也不顾忌旁边是否有别人听到。每次听到，我都会感动地流下眼泪。

二十六　拜完初濑把程返　兼家迎至宇治川

我本想就这样在寺里多待几日，但是天刚亮，侍从们就张罗着准备返程。我原想此行尽量不引人耳目，或许是他的安排，返程中竟不断受到招待，变得热闹起来。原本预定第三天到达京城，无奈天已经黑了，只能住在山城国久世郡一个叫三宅的地方。那里住所非常简陋，但因已入夜，只能在那儿待到天明。翌日启程时天色还较暗，走了一会儿，见有一个背着弓箭的黑色人影向我们策马而来。距我们还有一段距离时，那人便下马行跪礼。走近一看，原来是他的贴身随从。我的几个随从问道：『有何事？』那人回答道：『大人昨日酉时，已到达宇治院，命令在下「前去看看夫人是否已返程，去迎接下」。』走在前面的男子们，指挥着牛车说：『那快走吧！』

临近宇治川时，大雾弥漫，甚至看不清来时的路，我内心顿觉不安。大家从车上解下牛，放下车辕，正忙着做渡河的各种准备，忽听许多人大喊着：『卸下车辕，把牛车停在岸边！』浓雾之下，我看到了来时见过的鱼簖。那是种无法用语言表达的风情。他正在对岸等着我吧。我写了这样一首和歌，让使者乘船送了过去。

心愁踏旅途，宇治鱼簖网冰鱼，归期不可估。〔一〕

使者的船从对岸回来后，送来了他的回信：

归期不可估，默在心中数，为谁才来观鱼簖？

读信的空儿，牛车被抬上船，众人大声喊着号子划桨而行。还有几位身份虽谈不上高贵，但也是大户人家的公子以及官职为什么丞的人，挤在前后车辕间一同乘舟过河。阳光洒下，大

〔一〕日语中『愁』（うじ）与『宇治』（うじ）同音双关；归期的『ひを』与『冰鱼』（ひお）同音双关。『归期』一句与上文中兼家询问『我』的归期相呼应。

雾也慢慢散去。河对岸，几位贵公子与卫府佐〔一〕公子并排而站，正望向这边。站在人群中的他，身穿适合外出的休闲狩衣。侍从们先把船停靠在岸边的一处高地，然后快速地将牛车抬上去，将车辕靠在屋舍外面的檐廊处，停好了车。

他们为我准备了斋戒结束后吃的开斋饭，用餐期间，只听有人议论着：『大纳言〔二〕大人最近为了观赏鱼簖，来到了本地呢。』河的对岸是按察史大纳言的领地。有人回应说：『我们这样来到这里，想必大纳言大人会有所耳闻，我们该去拜访一下吧。』正说着，一位大纳言派来的使者进来了，那人手持美丽的红叶树枝，上面串有野鸡、冰鱼。使者捎口信道：『听闻各位贵客前来，本该相聚同饮，不巧今日府上未备好佳肴。』他回复道：『来到贵地，却未来得及前去拜访，请恕失礼，我们将尽早前去府上拜访。』说罢脱下件单衣赏给了信使。使者肩搭单衣乘船回去了。之后大纳言处不断差人送来鲤鱼、鲈鱼等礼物。当时在场的风雅男子们，聚在一起小酌，只听有人说：『真是令人惊奇啊！夫人那牛车的车轮，在太阳照射下如同圆月般生辉！』或许因为车后面插了花啊、红叶啊什么的，听有位贵公子赞道：『如同花开便会结果一样，夫人家的好

〔一〕官职名，此处应该是指藤原兼家与时姬的长子藤原道隆。

〔二〕大纳言，较高的官职。此处应该是指藤原兼家的叔父藤原师氏。

运肯定就在眼前了！』乘在车后面的几位也都这样那样地附和着。谈话间，大家决定一起乘船前往大纳言府上。因为有人说：『肯定会让我们不醉不归的！』所以他净是挑选的能喝酒的随行。他们先是乘车到了河边，将车辕放到塌台〔一〕上，然后乘两艘船驶向对岸。后来他大醉而归，嘴里还哼着曲儿，大声喊着：『备牛车！备牛车！』我本已疲惫不堪，却只好舟车劳顿地跟着回到了京城。

一夜过后，他开始紧锣密鼓地为大尝会祓禊仪式做准备。他有时会说：『希望你帮我做下……』我都痛快地一一答应了，跟着一起忙碌。仪式当日用的车队，一辆一辆地准备好了，下等的女官、男侍们跟在备好的车队后面行走，那场面如同自己正参加一场盛大的仪式，非常热闹。到了十一月，他又开始忙碌大尝会的预检之事，我也在为前去参观做着准备。大尝会过后，转眼到了年末，我又开始为迎接新年做着各种准备。

〔一〕塌台，指从牛车上卸牛时，放在车前面用来支撑车辕前端的方形台，也可以用于乘、下车踩着。

二十七　哀叹命苦情又淡　借写日记语心田

日子就这样一天天过去，我时常哀叹着自己命运并不如愿，因此即使百鸟啼春的新年来临，我也未感到喜悦。想到自己依然身若浮萍，夫妻之情如同那虚幻的阳炎般脆弱虚渺，若隐若现，就将此称之为阳炎日记〔一〕吧。

〔一〕为何将『かげろふ』翻译为『阳炎』，而非『蜻蛉』，详见本书译者序的蜻蛉日记作品名解析部分。

中卷

一 元旦祝歌寄心愿　三十日夜都相伴

我就这样在百无聊赖的日子中更年易岁，迎来了元旦。我心想这些年之所以不如意、感情被动，是因为一直未像别家那样在新年第一天讲究用语禁忌吧。想到这我赶紧起床，出去对身边侍从们说：『喂喂，大家来一下！』我把这件事一说，侍女们附和道：『哪怕仅仅是今年元旦，我们也要说话注意禁忌，多说吉利的，试试运气吧！』妹妹听见后，还没起床就吟了首祝歌〔一〕：『我先说，天地缝口袋。』我觉得有趣，所以没等她说出『装进幸福来。一月三十天，天天幸福来。』的下句，便抢先接话道：『下句我接，想对「一月三十天，日夜来身边」。』前面的侍女们听后笑说：『倘若真能这样，就最好不过了。干脆写下来，给大人送过去吧。』听到这，一直躺着的妹妹也起身笑着说：『这真是个好主意。比说什么都吉利灵验的。』于是我把刚才的祝歌写了下来，让孩子给他送了过去。他现在官运亨通权势在握，很多人去给他贺年，他也需要早点进宫贺拜，非常忙碌，但还是给我回了首和歌。或许因为今年闰五月，所以他在和

〔一〕祝歌，表示祝福、祝贺的和歌。

歌这样写道：

三十日夜都相逢，爱恋有余剩，天公为汝五月增。〔一〕

我对新年的祝词赠答特别满意。

第二天，我的下人与时姬家的下人发生了点冲突，比较麻烦，虽然他向着我，觉得我比较弱势，可我觉得这都是住处离得太近导致的，真是失策！后来在他安排下我搬到了距离稍微远点儿的地方。他竟然每隔一天带着整齐的随从队伍特地声势浩大地来看我。虽然不能如别人般『衣锦还乡』，但我真是想回到原来娘家的住处。不过，从现在夫妻感情脆弱的状态来看，当时真该知足了。

〔一〕当时一个月为二十八九天，不足三十日夜，所以说『我』的恋情会有剩余。

二 邀他侍从为宾客 侍女援战赠和歌

三月三日，家里已经备好了节日供品等，但没有客人前来。反正闲着无趣，我的侍女便给他的侍从们开玩笑地写了这首和歌送去：

备好桃花酒把客探，寻到贵府王母园，贵客在里面。

他的侍从们很快一起来了。侍女们把备好的佳肴供品端出，侍从们喝着酒在此过了一天。

中旬的时候，这些侍从们要分为两组进行小弓射箭比赛。大家纷纷表示，可得好好练习啊。有一天，后手组的都聚到我这里练习，赖着向侍女要奖赏。她们也许是一时想不到什么合适的奖赏，情急之下在蓝色彩纸上写下

一首和歌，系到柳枝上送了过去。

风自靶幔〔一〕吹向前，今春柳枝向后弯，愿为后手援。

返歌都是口头作答，我已经记不清了，看官自己想象下吧。我只记得其中一首是这样的：

幸得君相援，愁眉得舒展，如若春柳新芽翻。

比赛定于月末进行。这时社会上发生了件大事，可能因为犯了什么重罪，许多人要被流放，世人议论纷纷，一时骚乱不已。

〔一〕日语原文中『山形』即箭靶后面拉开的幕幔。另外，送后手组柳枝之举，是据中国古代养由基射柳叶百发百中的故事，预祝其优胜。

三　西宫大臣被贬谪　想到自我悲更深

二十五六日，听闻西宫左大臣〔一〕被贬谪臣籍，处以流放。京城的人们纷纷涌向西宫，想看他最后一眼，我不禁感叹事态严重。但是听说左大臣趁人不注意，暗自离开了府邸。有人说他逃到了爱宕山，也有人说他逃向了清水寺，议论纷纷。但是最终还是被发现，并被流放了。为什么会变成这样？连我这种不谙世事的人都不免跟着落泪，难过惋惜，那些了解实情的人，更是全都泪湿衣袖。他的几位公子或被流放到偏远的异乡前途未卜，或是出家天各一方。那境遇令人感到无以言表的痛惜。左大臣本人也出家做了法师，但还是硬被贬为太宰府长官，流放到九州。那段时间，大家每天的关注点都是这件事。

本不该将此事记入只记录私事的日记中，但是左大臣的遭遇让我不禁想到自己，更是深感悲伤，所以忍不住记录下来。

〔一〕左大臣：平安时期律令制下，太政官的官名之一。

四　患病卧床万念断　心系幼儿留遗书

第一个五月的二十几日，阴雨绵绵，加上他有物忌，要开始长期斋戒，他便暂居在山寺里。雨下得特别大，我正沉思之时，收到了他的信：

在这里总感觉有点不太踏实呢。

我回复道：

孤寂又不安，淫雨致水涨，居寺日延愈悲伤。

他又返和歌：

倘若水增致日延，弃斋即相见，纵使共入雨水湾。

在这样的和歌赠答中，到了闰五月。

月末开始，我不知得了什么怪病，说不上具体哪里不爽，就是感觉比较难受，但我想应是无碍。我不想被他看到，让他以为我惜命，便一直忍着，身边的人觉得不能这样放任不管，烧了芥菜种为我祈祷，过了一段时间也没什么效果。他觉得我在斋戒，来访次数比以往更加少，只是去看他正在建的新宅时，顺便来看看我，来了也只是站着问问『身体怎么样了』。我感觉身体越发虚弱，知道自己悲伤的不是命将逝，而是运不济。一天傍晚，他在去看在建新房回来的路上，让侍者送进一枝莲蓬。他在外面说：『天黑了，我就不进去了，这是在新房那边摘的，你看看。』我对侍者回话道：『告诉大人，说我活着却形同死骸。』说罢我非常郁闷地卧在床上，心想：听说他的新宅非常气派，虽然他也对我说过『真想早点让你看看』之类的话，但我不知道自己还能活几天，也不了解他的真心，无所谓了，说不定再也不会见面了。这样胡思乱想着我不免觉得凄凉，甚至想道：

花开结果实，我却将离世，如若荷叶露珠逝。

这样的状态持续了多日，我也不免担心起来。

反正病情也不见好转，他对我的感情也不够深厚，就这样离去罢了，我并不惜命。但是，我唯一的幼儿怎么办？一想到这个，我就忍不住潸然泪下。无论我如何隐瞒，毕竟生病了，气色上还是能看得出来的。于是他请了高僧来为我诵经祈祷，但没有一点效果。听说死期临近，会连话都说不出来，如果我真的就这样死去，会心有所憾的。不如趁着还活着能说话，将自己想到的提前说出来。想到这里，我立即起身靠着小桌几写了起来：

虽然您常安慰我说会长寿的，我亦想着只要能活着，我愿意一直陪伴您。但是我或许寿限已尽，总觉有些不安，所以事先这样提笔写下。之前我也曾向您说过，我并不奢望能长寿，也不惜命怕死，但我一直牵挂幼子的将来，对此满是不舍。那孩子很敏感，会为您表现出的不悦而难过，哪怕只是玩笑话，所以恳请大人只要不是大事，尽量不向他面露不悦与愠色。妾身罪深：

若不借风赴彼岸，无法割舍现世恋，来世亦哀怨。

我不在后，若有人让幼儿痛苦，我必将怀恨在心。我未曾奢想大人能照顾我们母子始终，却蒙多年不弃之情，可见您的真心，故恳请大人今后继续关照幼儿。将平日所想如此写下，只为在走之前，恳请大人您一定照顾好幼儿。曾经与大人的柔情蜜语，还请勿忘。恐无机会能再见您当面倾诉了：

听闻冥途霜露多，泪水本已湿绫罗，妾该如何做。

我又在旁边补充道：

我走之后，请代为嘱托幼儿『你母亲留有遗言，考取官员时，注意细节不要出错，认真学好学问』。

封好信，我在封皮上写道：请丧期过后再看。我顺手将信放入旁边的一个唐柜里。看到我这样做，或许有人会觉得奇怪。可若我一病不起，连这样的事情都做不了，岂不是更心痛。

五　太宰官夫人为尼　送首长歌表心意

我身体还是不见好转，虽然不是很隆重，但也陆续地举办了祭拜、祓禊等仪式以求病愈。到了六月末，我精神略有好转，听说太宰府官的妻子削发为尼了，真是令人可怜可叹。被贬为太宰府官流放后仅三天，他们原来住的西宫府邸就被烧毁了，其妻子爱宫只好搬回到自己桃园的住所，听闻她整日愁容满面，我也为其感到悲伤。加上我本就身体不好，便整日呆卧在病床上胡思乱想。我反复想着，为什么会变成这样呢？我试着将自己所想写了出来，虽然写得不好：

如今再谈已枉然。春末花谢时，忽闻西宫大人谪，世人皆叹息。黄莺竭力啼，飞向深山中，西宫大人悲痛哭，遁入爱宕山，此乃因何宿业罪。恐遭人言议，只有深山避，怎奈山中无路寻，终被贬谪叹不公。四月黄莺已销声，杜鹃出山鸣，夫人念夫泣如鹃，哀声遍乡野。五月雨绵绵，令人愁思泪湿衫。闰月湿袖又添重，世人不分高与低，皆悲泪湿衣，令郎思父泪更涟。众子离巢四散飞〔一〕，幼子独膝前，人生无奈惹伤悲。大人昨居九重宫，

〔一〕孔子家语·颜回中鸟之子的故事。

今遥赴九州，双九〔一〕异运望二岛。夫人念夫不能见，疑乃梦一场，百念已绝遁空门。渔女船迷向，孤单采着长海藻，夫君远放妻为尼，耽于凝思心戚戚。雁飞有归人无回，独守空房尘满床，枕随泪河流，如今欲哭却无泪。六月蝉脱留裂壳，寂寞挂树荫，直叹浮世心欲裂。秋风乍吹荻草曳，似慰君之伤。闻声觉无眠，梦亦难会夜漫漫，泣声虫鸣伴。同悲泪湿襟，吾身孤若林中草，能否知此心？

写罢，我又继续添了句：

贵府蓬草生，大门紧锁无人影，未料寂落景。

写完后我就把和歌放一边了。侍女发现后说：『和歌写得这么饱含真情，应该给那位夫人看看。』我回答：『是呀，那就送给夫人看看吧。但如果说是我送的，显得考虑不周。毕竟我系

〔一〕双九，指两个地方名中都有数字『九』。

女子，写这么长的和歌不合适，可以不说是我写的。』说罢，我将和歌誊到纸屋院的纸上，卷成正式文书的形式，系在一块正式场合使用的去皮小树枝上。我告诉送信的使者：『如果问是谁送的，回答来自多武峰即可。』之所以让信使这样回答，是因为夫人有个兄弟在多武山出家为僧了。那边的侍女接信进去后，这边的信使就回来了。不知夫人那边读罢会做何感想。

后来我身体渐渐好转。二十几日，他着急要去参拜御岳金峰山，儿子要跟他出行，所以我忙着做各种准备工作并送他们启程。这天傍晚，我原来的一条西洞院的房子也修缮完毕，所以我搬了回去。他为我留下了几位原本该同行的侍从，帮我搬了家。我特别担心与他同行的儿子，不知道他们怎么样了，所以不断祈祷着他们一路平安。七月一日拂晓，儿子回来了，说：『父亲大人刚才回自己府中了。』现在的住所离他比较远，我想着短时间内他是不会来看我的。结果中午他竟然拖着疲惫的步伐来了，是什么风把他吹来的呢？

话说前段时间送给太宰府官夫人的那封信，对方不知如何知道了信来自我处，以为我还是住在以前的那处住所。听闻其派信使送了信过去，但是信使却弄错了地方，送到了他的另一位女人手里。那一位也是，不觉得奇怪吗？竟然还写了回信。听闻夫人知晓回信的主人后，知道信送错了地方，想着和歌本身写得不值一提，内容也可能已被传出去了，如果再抄一遍送过来显得不合礼仪，而且送错地址又被认为是缺乏诚意，所以较为慌神。我知道后倒来了兴趣，不能假装不知，于是就以从前的笔迹将和歌写在浅蓝色的纸上：

山间有回音，听闻君亦有回信，前寻空无迹。

写罢，我将其卷成正式文书的形式，系在一枝叶茂的树枝上派人送了过去。这次信使也是把信送到后就离开了。对方为了防止犯上次的错，应该谨慎处理才对，不料什么回信也没有，我心里觉得交流方式有点奇怪。过了几天，对方找了位靠谱的信使，准确无误地送来了首和歌：

渔女烧盐轻风起，烟散无处觅，贫尼之信失。

笔迹非常漂亮，写在浅鼠灰色信纸上，系在杜松枝上。我回复和歌：

荒岸海盐烟，无风去吹散，鄙舍无风传贵函。

我将和歌写到胡桃色的信纸上，系在变色枯黄的松枝上，派人送了过去。

六　左大臣五十寿贺　被托作首屏风歌

到了八月。为庆贺小一条左大臣[一]的五十寿宴，京城一时热闹喧嚷。左卫门督要制作屏风作为贺礼献上，通过一位让我难以拒绝的中间人，拜托我写几首屏风用和歌，也就是吟出屏风画面上的场景故事。我觉得自己不适合这样的重托，几度推托，但是推辞不掉。夜里赏月之际，便作了几首。

一户人家举办贺宴的画面：

日月当空悬，轮换永无限，今日喜事不会断。

〔一〕藤原兼家的叔父，藤原伊尹。

行人在海边停马驻足，听千鸟啼鸣的画面：

一声知千鸟，运势世代好，千代万代永荣耀。

马夫牵着地方上贡给朝廷和上层贵族的马以供天皇御览，经过栗田山时，众人观赏的画面：

常年居山边，贡马越此山，桀暴烈马亦温驯。

八月十五之夜，女人们欣赏着映在家门前泉水中的明月，墙外大路上有人吹着笛子经过的画面：

竹笛声声近，空中月正明，映入泉中婵影清。

农户家门前海滨有片松林，有松鹤结群嬉戏。赋和歌两首：

群鹤结伴嬉，浪拍海岸际，互与松林表心意。
群鹤林间嬉，松荫细沙美景吉，此生无憾意。

描绘鱼簖网鱼的画面：

鱼簖网冰鱼，乐于其生趣，数解旅途之夜孤。

海边燃起渔火垂钓的画面：

渔火渔舟稳，生贝〔一〕遍海滨，人生得意好时分。

〔一〕日语中，『生贝』与『人生价值』二词发音相同。字面上写海滨有生贝，暗指在海滨垂钓让人感觉人生有价值，进一步说正是因为觉得人生得意所以来此垂钓。

一位女性坐车出门赏红叶，途中停靠在一家红叶较多的民宅前：

乡野〔一〕住人家，益寿又延年，只待年年秋叶佳。

我对这些没什么创作热情，就勉强作了这么几首，但是听说只有『渔火』与『群鹤』两首被选中，令我感觉不舒服。

时光在这些琐事中流逝，秋去冬来，没什么特别值得一提的事，却也一直没得安生。十一月，积雪很厚。我有时会莫名心烦、厌己、恨他、悲命。沉思中我想到一首和歌：

积雪日深岁亦增，雪有融化时，愁恨绵绵无绝期。

这样胡思乱想着到了除夕。转眼间新一年的春天又过了一半。

〔一〕『乡野』与『延年』的『延』发音同为『のべ』，语音双关。

七　儿子赛场增光彩　为母荣耀忘忧愁

他那气派的新宅已竣工，吵嚷着又是要明天搬、又是要今夜搬的。如料想的一样，他搬入新宅与我无关。反正去哪儿住都一样，这样住下去也挺好。他无所顾忌地违背诺言让我心灰意冷，但我已死心，也不再去争风吃醋，这样一想心境变得平和了。三月十日左右，宫廷内要举行射箭比赛，需要认真努力地为其做准备。儿子被安排作为后手组参赛。赛事规定『获胜的一组，需要现场表演舞乐』，所以我暂时忘掉一切为之忙碌。因为儿子要练习舞技，我每天奏乐，不得清静。一日儿子从弓箭练习场回来，带回了赏品。我也为孩子的出色高兴，欣慰地看着他。

到了十日，要在我这里举办舞乐的预演。教舞的师傅多好茂从侍女那里得到了很多奖赏。男人们也都脱下衣服赏赐。侍从说『大人有物忌』，所以他没来，但是他把侍从全派过来了。傍晚时，预演仪式即将结束，多好茂舞了曲蝴蝶乐。有人将黄色的和服单衣脱下赏给了他，单衣正适合搭配蝴蝶舞，犹如天造之和。十二日，有人说：『预定后手组的成员全都表演舞乐，但是这里没有射弓练习场，不方便啊。』于是孩子们都到他那里起劲儿地练习了。听旁人说：『宫里来了很多人，多好茂都快被赏品埋住了。』我特别担心自己的孩子，不知道他练习得怎么样。夜深后儿子才被侍从们送了回来。过了一会儿，他不顾别人异样的眼光，竟然来了。『我跟你说，这个孩子舞得特别出色，大家都被感动得流泪了呢。明后天我有物忌出不了门，有些放心不下。十五日我早点来，帮你准备下。』说完这些他便回去了。平时我对好多事情都有不满，这次却无比开心。

到了比赛当天，他早早就来了。许多人都来了，大家忙着准备舞乐的服装等，十分忙碌。送孩子出门后，我在心里一直祈祷着儿子射箭比赛的顺利。听有人评论说：『后手组无论如何也赢不了，射手挑选的就不合适。』我开始担心起来，那怎么办，辛苦练习的舞乐岂不是白费力气了？能不能顺利取胜呢？这样担心着到了晚上，月光很亮，所以我也没有把格子窗放下来，一直祈祷着。每当有侍从回来，必定先汇报赛况。『到了几号上场了』『公子的对手是右近卫中将』『公子努力赢了对方』，等等。听着各种评论、汇报，我一直悬着的心终于放了下来，心想好样的！我特别为儿子高兴，那种心情无以言表。又有人来报：『原本必败的后手组，多亏了公子的精湛射技，最终与对方成了平局。』因为是平局，所以两组都表演舞乐。先手组先表演的是陵王舞，舞者是我侄子，与我儿子年龄相仿。练习期间，两个孩子你去我家看看，我去你家看看，互相学习切磋。陵王舞的答舞由我儿子表演，或许是效果不错，天皇赏赐了御衣。他与儿子以及表演陵王舞的侄子同车离开来到了我这里。儿子不断地反复给我讲着事情的经过，什么自己脸面大增啊，上达部的高官们都流泪了啊，边讲边激动地流泪。我叫来了教射弓的师傅给了奖赏，师傅来到后又这呀那呀表扬了儿子一番，此时我全然忘记了自己的悲愁，只有无比的满足。那天晚上自不必说，接下来的两三天，所有的熟人，或者派使者来，或者本人亲自来，就连法师都为儿子表示庆贺。听到那些祝贺的话，我都没想到自己会如此开心。

八　三十余夜未相伴　四十余日未相见

就这样到了四月。从这个月十日到五月十日前后，他说『总觉得身体不适』，比以前更少来我这里了，大约七八天来一次。有时候来了会说：『我是忍着身体的不适来的哟，毕竟担心你。』『我是趁着夜色偷偷来的。身体这么难受我也没有办法。我也没有去朝廷，这样走着来要是被别人看到的话不好。』他总是见面说说这些再回去。但是他病好了后，却是怎么等都不见他来。我心里琢磨，这是怎么回事呢？我总暗自想着今晚他应该会来吧，等等看吧，最终却是连封信都没有。就这样过了好长一段时间。我心里觉得不可理解，怎么会有这样的事？虽然表面上继续装作满不在乎，但是晚上每当听到外面的车轮声，我就会激动地想着莫非是他来了？有时候等着等着睡着了，睁眼已是天明，原来直到天亮他还是没来，想到这我就更加怅然。每当儿子从他那儿回来，我都会问问那边的情况。实际上他本人也没什么特殊情况，却问都不问我这边的情况。既然他是这种态度，那我也无法去问『你为什么不来看我』，这有点不合适，我无论如何也问不出口。日子就这样过着。一天早晨，我拉起格子窗向窗外望去，只见晚上下过雨，树叶上还挂着露珠。然后我想到一首和歌：

夜夜把君盼，却是泪相伴，朝露会逝思不浅。

就这样到了月末。期间听说小野宫左大臣〔一〕故去，世人议论纷纷。长时间无音信的他竟然派人传话过来：『世间纷扰，当谨慎出行，正在服丧，不便前往，帮我缝制下这些衣服吧。』他送来了衣服让我这边缝制，这算什么事啊！于是我回复：『我这里做裁缝的回乡下了。』把衣服给退了回去。这下好像惹得他更不高兴了，连口头传信也没了。就这样到了六月。仔细一

〔一〕小野宫为居所名，指藤原兼家的叔父藤原实赖，曾任摄政太政大臣，位高权重。

算，跟他已时隔三十多夜、四十余日未见了。突然变成这样，不是一个怪字就能解释的。虽然夫妻关系并不如意，但是我没想到会到这个地步。周围的人也都觉得太奇怪了，不合常理。事出意外，我也不知所措，只是整日陷入愁思。我也不想被别人看见，每天忍着眼泪，躺在床上，听到黄莺不合时节地啼鸣，我不免想道：

莫非黄莺亦有思，时至六月仍在啼，泣声无尽时。

九　前往唐崎去祛祓　碰巧兼家去我处

这样的状态持续到二十几日，我心情也不见好转。我觉得快忍受不了了，就想到个凉爽的地方散心之余顺便在海边祛祓，于是我决定前往唐崎。

我于寅时〔一〕出发，当时月色尚明。另有一名境遇与我类似的女性同行，因只带了一名侍女，所以三人同乘一辆车，另有七八位骑马的侍从陪同。到了贺茂川附近，天色微亮。过了河

〔一〕旧式计时法指夜里三点钟到五点钟的时间。

便是山路，每当看到与京城完全不同的景色，我就会深受触动，或许跟这段时间备感孤独、容易伤感有关。到了逢坂关，我们停下牛车给牛喂饲料，稍事休息。这时我看到几辆平板车从微暗的树林里出来，车上拉着些我从未见过的伐好的木头，我觉得有趣，心情一下子好转了起来。我带着对逢坂关的各种感想继续赶路，向前望去，一望无际的湖呈现在眼前。只见上面有几只鸟浮在水面，仔细一想，那应该是钓鱼的小船吧。到了湖边后，我的眼泪再也止不住了。连心情绝望、无心赏景的我都备受触动，更别说同行的她了，更是含泪赏景。为了避免尴尬，我们都没敢看对方。

离目的地还有段路程。牛车来到了大津，沿街的房屋简陋脏乱，却也是别样的风景。穿过街道后，我们来到了广阔无垠的湖滨。回首来时的路，我发现湖边有一片房屋鳞次栉比，房屋门前有几艘船停靠在岸边，相映成趣。也有几艘小船在湖面穿行。我们继续驾车前进，不觉间已是上午巳时〔一〕了。为了让马匹休息，我们在清水那棵有名的远远就能看到的楝树树荫下，卸下牛车，将马牵到湖边浸了浸马蹄。我说：『我们在这里等饭送过来吧。到目的地唐崎还远着

〔一〕旧式计时法指上午九点钟到十一点钟的时间。

呢。』只见儿子特别疲惫，一个人靠在那儿坐着，我便从食品袋里拿出吃的给他递了过去。他正吃着，餐盒就送了过来，我赶紧把饭分了下去，然后让少数侍从折回都城回家汇报说『已经到清水了』。

吃罢，我们再次驾上牛车出发。到了唐崎后，我们改变方向，先去祛祓。路上起风了，风拍浪高，只见几艘船扬帆往来于湖面上。湖边上聚坐着几位当地的男子。有位侍从说：『给我们唱首歌吧！』他们就用乡下人特有的粗犷声音边唱边离开了。开始我还担心赶不上祛祓开始的时间，不过最后总算是赶上了。长崎是块非常窄小的岬角，我们将车停在了下游靠近水边的地方。在撒网的地方，细浪不断拍打着岸边，会不会有以前叫作『无果』的贝呢？此行应该是有『果』的。车后面同行的那位专注地观赏着湖面，似乎就要从车上掉下去了，那样子都能让别人看见整个身体了。渔夫们不断捕捞上一些世上稀有的鱼啊贝啊的并为此喧嚷着。年轻男子们在稍远些的地方并排坐着，放声唱着『细小波浪唔，轻拍志贺唐崎湖』的神乐歌〔一〕，听上去颇有风趣。虽然不断有风吹来，但是没有树荫，所以很热，我想着赶快返回到清水吧。未时〔二〕，祛

〔一〕神乐歌，指古代宫廷歌谣的一种，是宫廷祭神时唱的歌，也指民间神乐中唱的歌。
〔二〕旧式计时法指下午一点钟到三点钟的时间。

祓仪式结束，我们踏上了归途。

我眺望着周围的景色赶路，内心却留下了难以忘怀的感动，快要到达逢坂关山麓时，申时〔一〕将过。听到蝉鸣声声，我不免自己低吟：

逢坂关蜩蝉，竞相鸣叫欢，似在待我含泪返。

我未告诉别人。

随后我们到了奔井这个地方。有两三位侍从策马疾驰已经先到了这里，等我们到达的时候，他们已经休息凉快好了，一脸轻松愉悦地来到了我们卸车的地方。同行的人说道：

马蹄速度急，早到奔井得歇息，令人心生羡慕意。

我接话道：

〔一〕旧式计时法指下午三点钟到五点钟的时间。

倘若马蹄疾，早到清水得歇息，何必心生羡慕意。

我们在清水附近停了车。大家下了车，将手脚都浸到水中，不愉快的心情都烟消云散，顿觉神清气爽。我靠着石头，将食盘放在流水的引水竹筒上开始进餐。吃自己亲手做的过水饭，心情愉悦，甚至不想回去了。周围的人们催促着：『天快黑了。』任何人在这么清爽的地方都会忘记烦心事吧，真想永远待在这里，但是天快黑了，只好无奈地继续赶路。

我们继续前行到了栗田山，已有人从京城赶来，持火把在那等着接我们了。我听到有人汇报说：『大人今天白天到我们家了。』真是不可理喻，估计是特地趁着我不在家才去的吧。跟我同行的那位似乎在问：『然后呢？』我已经无语，一路失望地到了家。本来我就身体疲惫不适，又听留在家里的侍女汇报说：『大人今天来过，问起您来，奴婢如实汇报了。然后大人说：「为什么会有这种想法呢？看来我来得不是时候啊。」说完就回去了。』我感觉如同做梦一般。

第二天，我筋疲力尽地过了一天。有一天，儿子说要出门去他那里，或许是去问问他那不合常理的行为吧。我虽对此不感兴趣，但是想起前几天在湖滨的情景，还是忍不住感伤，顺手写下：

浮世夫妻情难堪，心悲生伤感，可怜湖边泪已干。

我嘱咐儿子说：『趁你父亲不注意的时候，悄悄放下，然后快点回来。』过了一会儿儿子回来说：『按您交代的做了。』其实我内心还是想知道，他看了和歌会是什么反应，暗暗期待他有所表示。结果到了月末，对方似乎也无这个意思。

十　因丈夫意冷心灰　儿子放鹰感众人

前段时间我闲来无事打理院子里的花草时，发现屋檐底下已经抽穗的稻苗叶子开始变色，软蔫蔫地立在那里毫无生气。先前我让下人们收集了很多生长旺盛的稻苗，然后在院子里的屋檐下种满，后来还结了漂亮的稻穗，于是我们引水浇灌精心照料。如今看到这情景，我不免心生伤悲。

闪电〔一〕亦不照我屋，檐下稻苗孤，同为相思苦。

贞观殿前年做了尚侍〔二〕。我跟他虽为夫妻，却落得这般境地。令我不解的是为何贞观殿也一直未来见我，是不是他们兄妹间有矛盾连带着疏远了我呢？想到或许是她不知道我们夫妻间现在的情况，便给她写了封信：

夫妇情欲断，不管能否续前缘，与君之交盼绵延。

她写给我的回信有多处深触我的内心。

听闻夫妇情欲断，岂能不伤感，信任方得多年伴。

〔一〕闪电（いなづま）在日语中写作『稻妻』『稻夫』，意为水稻的恋人，源于当时的人们相信水稻开花时，经过闪电照射后才会结实穗。
〔二〕后宫内侍司长官。

看到回信我才明白，原来她早知道我们夫妻的感情现状，所以才没有来访，想到这我更加伤
感。我正陷入愁思，他来信了。
给你写过信，也没有回音，我反倒无所适从了，不觉间疏远了。今天想着过去看看你。
侍女们劝着我写回信，写着写着天就黑了。派去送信的使者估计还没到他那里，本人就来
我家了。侍女们劝说：『他肯定有什么苦衷吧，先装作不介意看看他表现。』因此我只有忍着。
『我一直有物忌，所以不方便来。绝不是故意想着不来啊。你看你一脸不高兴，为什么闹别扭
啊。』他在那恬不知耻地说着，兴致还很高，看着就让人厌烦。
第二天早晨，他说：『我还有事，今晚就不过来了。我明天或者后天再来。』我知道那不是
真心话，只是口头承诺，他可能想着这样说我会开心吧。这是最后一次见面也说不定。就这样
观察了一段时间，果然如我所料，我感到比以前更加伤悲。
就这样我不断陷入哀怨愁思，除了希望自己能如愿死去，别无他法。但是一想到这唯一的
孩子我便会伤心不止。如果他已经成人娶了可靠的妻子，我也能放心地离开了。但若我就这样

死去，他会以怎样无依无靠的心情继续生活下去啊，现在我还不能死去。『怎么办呢？出家为尼的话就能了断俗世执念了吧。我想试试看。』我平静地告诉儿子。原以为他还是个孩子，考虑不了那么多，却见他抽噎着呜呜大哭起来：『如果这样，那我也要成为法师。混在俗世中生活还有什么意义？』说完他更加悲伤，放声地呜呜哭了起来。我也是泪流不止，想着话题太沉重了，故意开玩笑说：『要是成为法师就不能养鹰了，你怎么办呢？』儿子慢慢站了起来跑了出去，将原本拴着的鹰放在拳头上放走了。在旁边的侍女们都是泪流满面，更不用说我了，我悲伤得不能自已。我内心想道：

夫妇不和欲剃发，儿放爱鹰随出家，怎不感泪下。

傍晚的时候他来信了。我想着肯定又是些虚情假话便说『现在身体不适』，没回信便让信使回去了。

已是七月十几日，周围开始喧闹起来。之前每年的盂兰盆节供品都由他从政所〔一〕派送过来，

〔一〕政所，贵族家负责家事、家务的部门。

今年或许已经与我再无关系了。如果再等一会儿他还没动静，我该自己准备供佛的斋饭了，否则九泉之下的母亲也该伤心了，想到这我忍不住泪眼婆娑。以泪度日中，他还是如往年一样派人送来了备好的供品并附有书信。我回信道：

感谢你还记得我已故的母亲……可惜不怜吾之身。

让信使捎了回去。

十一　心灰参拜石山寺　感触自然思人生

这种状态一直持续，我不免心生怀疑，也没听说他又有什么新欢，怎么突然就不来了呢？真是令人捉摸不透。有消息灵通的侍女说：『已故小野宫左大臣留有几位通房女侍，会不会是因为这几个人？听说有个叫近江的女的，举止轻浮还颇有几分姿色。大人可能不想被知道这边有位交往的夫人，所以故意先不来了吧。』另一位侍女听后说：『也未必吧。对那种女人，大人还用得着特别费这心思吗？』我也疑心：『如果不是那个女人，莫非是跟村上先皇的某位公主？』不管是哪种情况都令人心神不安。有侍女劝说：『不能像夕阳那样一直沉落，去参拜神社、山寺什么的，四处走走吧。』最近这段时间，我根本无心考虑别的，只是从早到晚哀叹自己命运的不幸。既然这样，虽然正值酷暑，还是出去看看吧，一味哀叹也解决不了什么问题，于是我决定动身前往石山寺待个十天八天的。

我想着悄悄出行，所以连妹妹等身边的家人也没告诉，一心想走。天才微微亮，我就急匆匆出了家门。到了贺茂川一带，不知他们是怎么知道的，有家人追了过来。拂晓的月亮月光清澈，可也没看到什么人。听说贺茂川河畔曾有尸体乱放，这会我却也不觉得害怕。再远到达粟田山一带时，我已是非常疲惫，便休息了会儿。当下我只觉内心烦乱，毫无头绪，只有泪水涟涟。我担心被别人看到，默默擦去眼泪赶紧快速赶路。

到了山科时，天已经大亮。这样一来，我的身影也暴露在行人面前了，不过我只是茫然赶路，全然忘记了自我的存在。我吩咐随行的侍从或前或后地跟着，自己默默地走着。沿途有路人看向我，似乎觉得很奇怪，指指点点、窃窃私语，真是让人难堪。

终于过了这一段路，到了奔井，大家拿出餐盒，拉上帷布，准备进餐。这时，有一行人大声吵嚷着要通过。怎么办？会是谁呢？要是侍从们相互认识可就麻烦了。就在这时，很多骑马的侍从拥护着两三辆牛车威风凛凛地驶过来。有侍从说：『是若狭国县守的车。』他们停都没停就过去了，我也松了一口气，不禁想：在不同场合，这些地方县守的荣耀满足感也会不一样啊，尽管他们在都城都是些整天低眉顺眼之人，但一到了地方也趾高气扬地通行。想到这，我感觉心像被揪了下。县守的那些下人们，不管是在车前的还是车后的，走到我的帷幕附近时，都是边大声喧嚷着边往身上浇水。那种粗鲁无礼真让人无语。我的侍从客气地提醒说：『喂喂，请稍微离远点。』对方却反驳道：『你不知道这是来往行人必经歇脚的地方吗？凭什么指责？』看到这场面我真是无语。

这一行人过去后我们就离开了那里。越过了逢坂关到了叫『打出』的湖滨，那时我已是筋疲力尽。先到的侍从在船上用草席搭起个小棚等着我们。我迷迷糊糊上了船，回过神来船已经划出去很远了。当时我的心情有孤独、心酸，说不出来，就是觉得特别悲哀。

申时我们才到寺院。斋屋中已铺好寝具，于是我躺下了。那会我觉得特别难受，躺在那里边不断翻身边哭。到了晚上，我沐浴净身后进入佛堂，想向佛祖倾诉下自己悲惨的命运，却是无语凝噎。此时已经完全入夜，我向外望去，佛堂居于高处，只见下面是一片山谷。一侧的悬崖上树木层生，黑乎乎的一片。二十日的月亮，即使夜深了也很明亮，但是月光照不透。凭着月光，透过树林的间隙，可看清来时的路。再向下望去，山脚的一处水池如同明镜。我身倚廊上栏杆仔细凝望，只见一侧悬崖的草丛中有白色身影晃动，还发出奇怪的声音，我不禁问：『那是什么？』『是鹿鸣。』我心里奇怪着，这鸣叫声怎么跟正常的鹿鸣不一样呢？这时，对面的山谷深处传来稚嫩的、伴有长长余音的鹿鸣声。听到这种声音我再也无法凝神，心情无以言表。我本想一心修行却突然被它打动，茫然地坐在那里。远方，山的对面传来护田人驱赶野兽的吆喝声，极其粗野且无情趣。我想到诸多烦心事百感交集，最终只能这么茫然坐着。后半夜的修行结束后我从佛堂离开。因为太累了，所以我一直待在斋屋休息。

天亮后我望向窗外，寺院东方微风吹拂，雾气缥缈。河的对岸极富风情，如同画中所绘。远远可见河岸上别人饲养的成群的马儿在寻找着吃的。此情此景使我深受触动。为避人耳目，我连唯一在乎的儿子也留在了京城，甚至想过借离家外出的这次机会离开俗世。但我每次都挂念这个孩子，百般不舍哭至泪干。随从的男子们讨论着：『要不我们去佐久奈谷看看吧，听说就在附近。』『听说到了山谷口，会一点点地被吸到里面去，我不想去。』我好想自己无意间被吸进去啊。我这样心烦意乱地胡思乱想，根本吃不进饭去。侍从说：『寺院的后面有个水池，里面长有鱼腥草。』我说：『去采点回来。』他们采了过来，盛到盘子里切好柚子放在上面，这是道不错的菜。

到了夜里，我依旧在佛堂里各种祈祷，流泪到天明。黎明前迷迷糊糊中，我梦见这个寺院的总管法师拿了个装有水的酒铫洒水到我右侧的膝盖上。我突然惊醒，想到这可能是佛祖给我的谕示，不禁更加悲伤。

有人报告说天亮了，于是我赶紧从佛堂离开。天色还比较暗，湖面上白茫茫一片。我虽然不想就这样离去，但只能乘船而去。从高处望去，那船看上去像只低帮鞋，我们加侍从、侍女约有二十人乘坐，船内拥挤了些，我不禁担心船能不能承载。掌管佛前御灯的僧人来到岸边为我们送行。我们的船渐渐走远了，可他依然有些落寞地站在那里。这样看来，他是跟我们熟悉了，再回到寺里会有些感伤吧。侍从向他喊道：『很快的！明年七月我们还会来的！』他回应道：『好的！知道了！』船越行越远，僧人的身影也越来越小，令人伤感。

仰望天空，只见细月挂空，月影倒映在湖面上。微风乍起，湖面荡起阵阵波浪，伴着哗哗的水声：我听到年轻的男子们唱着：『声音细弱啊面消瘦。』我眼泪扑簌簌地流了下来。船在芦苇间穿行，沿途我看到了伊香贺崎、山吹崎等地。天色尚暗，四周朦胧可见，我听到远处传来划桨声，有人低声唱着歌划船向这边驶来。两船擦舷而过时，我们有人问道：『您是去哪的船啊？』那人回答道：『前往石山接人的。』我听那声音很熟悉。原本家里派了人来接我们，可我们怎么等都等不到，我们就乘坐石山那里的船出发了。虽然他们来晚了，但在这里碰上了。我们停下船，一部分侍从换乘到那艘船上，他们尽情地唱着歌启程。船到达濑田川附近时，天开始放亮。我看着成群的鸟儿在高空中飞舞，心中无限感伤。船靠在岸边，只见家里来迎接的车已经到了。我们到达京城已是巳时左右。

留在家里的侍女们围了过来，说：『周围人议论您会不会是去了某个远处。』

我回答道：『随便他们怎么说吧。我现在还不会那么做。』

十二　兼家腾达幼子怜　自我观照忆往昔

朝廷要举办相扑宴会，儿子要去参加，因此我为儿子装扮好让其出门，让他先去他父亲府上。他让儿子同乘一辆车一起进了宫，但是下午回来的时候，却把儿子托付给别人顺路带来，自己则去了传闻中的那个女人处。听到这些，我更是心如死灰。第二天也是一样，他带儿子一同去上朝，但是之后却不管不顾。到了晚上命令『藏人所的某位，送这位公子回家』，然后自己先行一步离开了。那个孩子一个人退朝回来，内心该多么悲伤，如果我们之间的关系不这么糟糕，他会陪着一起回来吧。这个孩子幼小的心灵也会感觉得到吧，看着他无精打采地回来，我心痛无比，却又无计可施，只觉得碎身裂骨般难受。

就这样到了八月。二日的掌灯时分，他突然来访，着实让我意外。他随口说着：『明天有方位避忌，把门关严实吧。』真是够了，我觉得胸口堵得慌。他却一个又一个地靠近侍女们模仿我不高兴的样子，贴着她们耳边低语说：『夫人不高兴了，忍着点啊，忍着点儿。』这实在让我难堪。我只是呆呆地茫然坐在前面，那样子看上去肯定很消沉沮丧。第二天一整天他都在强调着：『我的心一点都没变，是你认为我变坏了。』真是让人无可奈何。

五日，官职任命，他又荣升为右大将，更加飞黄腾达，这真是可喜可贺。之后他多多少少来我这里了。『这次大尝会，我打算向冷泉院申请年俸，推荐儿子叙爵〔一〕。十九日，让他行元服礼〔二〕吧。』凡事按规则惯例进行。加冠之事，我委托源氏大纳言大人主持。仪式结束后，我

〔一〕日本律令制时期，第一次被授予从五位下的爵位称为叙爵。据史料记载，藤原道纲于此年大尝会被叙爵五位下。
〔二〕元服礼为日本古时公家、武家府中男子的成人仪式。

家的方向虽然是他应避忌的，但因为天色已晚他便住下了。这会不会是我们共处的最后一晚呢？想到这里我心情低落。

九月、十月，日子如常。周围都在议论大尝会的御禊仪式。我和家人也都有观看的位置，放眼望去，只见他也在仪式队列中，侍于天皇的銮舆旁。我虽然感伤于他的薄情，但是看到他那仪表堂堂的样子，也为之倾倒。周围的人议论说：『哎呀，真是比别人都出色呢，真想能一直看。』听到这些，我更加感伤，却又无能为力。

转眼到了十一月，他为了大尝会忙碌着，却也时不时来我这里。儿子叙爵时要做舞，但是我俩都觉得儿子技法过于幼稚不太合适，于是他负责让儿子好好练习，时间紧张很是忙碌。大尝会结束当天，天色还没有那么黑时他就来了。『没有陪天皇行幸到最后实属不好，但是眼看天要黑了，我便装病胸口痛回来了，不知道别人会怎么想。明天让儿子换上这件绯红色衣袍出门。』听他这么说，我感觉我们似乎回到了以前。第二天早晨，他说：『要随从的侍者们还没到，我先回去收拾下，让道纲换身装扮跟来。』说罢便从这里走了。那几天他领着儿子到处为叙爵答谢，我心里真是无比高兴。此事完毕后，他又跟以前一样，借口有避忌不来了。二十二日，儿子说要去他那里，我想着或许他也会顺便来，便在家等着，直到夜深了。我正担心这么晚孩子还没回来，结果孩子自己回来了。实在过分，我悲痛欲绝。『父亲刚才回自己府里了。』天已如此黑了，如果他对我心思还如以前，绝不会让孩子一个人回来吧。我心有不甘。之后他也是毫无音信。

十二月初，七日左右的白天，他来露了个面。我现在不想见他，便躲在幔帐内。他看我不高兴，说着：『哎呀，天黑了。朝廷还有传召。』说罢便走了。就这样，毫无音信地到了十七八日。

今天中午开始，淅淅沥沥地一直下着雨，周围一片寂寥。这种天气我更不再奢想他会来。回想起以前，或许未必是出于对我的爱，而是他天性风流使然，总是风雨无阻来看我。今日看来，以前总是希望他不断来我这里是多么过分。可悲啊，我曾经还希望他风雨无阻，如今已不能再奢望。时间在沉思中静静流过。

不觉到了掌灯时分，雨依然下得很密。最近有位男子常来看望住在南侧房里的妹妹。听到脚步声，我内心翻涌，不觉小声自言道：『好像是平时总来的那位。哎呀，来了真好啊。』有位熟悉我这些年经历与心情的侍女正在我前面，附声道：『是让人感叹啊！以前比这更大的风雨，大人都毫不在乎的。』听到这话，热泪滑过脸庞，我心中浮现和歌：

心中愁思燃，无奈胸中翻，溢作热泪洗颜面。

我反复吟咏着，一直没回卧室，直到天明。

那个月，他大约来了三次，就到了年底。岁末年初的仪式习惯与往年一样，不再记录。

十三　兼家频过而不入　委屈满腹无处诉

细细想来，真是不可思议。这些年，每年元旦他都来。今天我想着他应该也会来吧，便让下人做好准备。下午未时前后，门外传来他侍从嘈杂的吆喝声，侍女们以为他要来，忙着做准备，没想到他们径直过去了。想着他是不是有急事，办完或许会来，结果他一晚上都没来。第二天早晨，他派人前来取衣服，顺便传信：

昨天过而不入是因为有事，直到天黑也没忙完。

我无心回信，但是侍女们劝我说：『还是不要从年初就闹别扭惹大人生气为好。』于是我心怀不满地回了信。我之所以这样心绪不平，是因为可能他现在正与那位传言的近江女人通信，已结夫妻之实，外面也早已议论纷纷。这样过了两三天。到了第四日申时左右，他的侍从们经过时的动静比上一次还大，侍女们不断说着『来了！来了！』我担心跟上次一样会很尴尬，也很对不住侍女们，但内心还是紧张地期待着。听着侍从一行快到我家了，我的侍从们打开中门跪等在那里，结果还是如担心的那样，他们径直而过了。诸位应该能想象到，我今天是多么痛苦。

第二天是大飨宴〔一〕，周围热热闹闹。因为我的住处离主办大臣的府邸很近，我内心想着今晚他会顺便来看看我吧。每次听到车队的声音，我内心就开始激动、紧张。夜已很深了，听声音大家都要回家了。每当听到有车从门前驶过，我就感到痛心。听完最后一辆车经过，我大脑一片空白。第二天天色尚早，他可能觉着这样说不过去，送来了信，我没有回信。

大约过了两天，他派人送来信：

〔一〕日本平安时期于正月在宫中举行的大飨宴。有『二宫（中宫与东宫）大飨』『大臣大飨』以及庆祝大臣就任时的临时宴会等。

要说我对你怠慢，确实我也做得不对，但实在是公务缠身。晚上我想去看你，又害怕你不高兴，怎么办？

我回复信使：『我现在心情不好，无法回信。』我对他已经完全死心，他却若无其事地来了。我已是心灰意冷，他却没心没肺地开着玩笑，真让人懊恼。我把这段时间一直痛苦忍受着的郁闷、委屈全都发泄了出来，结果他一句话也不回复，假装睡着了，其实他一直在听。然后他假装突然醒来，笑着问：『怎么停了？你要休息了？』真是让人反感的玩笑。我极力压抑自己，他真是如草木般无情。就这样过了一夜。第二天早晨，他什么都没说就回去了。之后，尽管我们已经心有隔阂，但他还是淡定地送衣物过来，附信说：

上次你心情不好，可以理解。这件衣服你看着帮忙缝制下。

真是可恨，我拒绝了，退了回去。此后的二十多天他音信全无。外面已是『万物勃发荣』〔一〕的春日光景，每当听到黄莺啼鸣，我无不泪流。

十四　观照人生情悲切　终于父家长斋戒

到了二月十几日。听说他在传闻中的女人那里连过了三夜，人们各种传言已实证。百无聊赖中到了彼岸节〔二〕。与其什么都不做，不如开始斋戒。我将寝帐里铺的锦绫席〔三〕换成干净的普通席子。看到侍女前来打扫除尘，不免心酸，自己竟到了这种铺好席子却无人相陪的地步：

郎君情淡常不至，草席积尘厚，厚不及哀愁。

我想着马上隐居到山寺开始长期斋戒吧。如果出家能够拯救我的内心，就想办法去个轻易不

〔一〕古今和歌集·春·上中的和歌：百鸟欢啼鸣，万物勃发荣，唯我添岁又衰容。
〔二〕以春分或秋分为中间的七天时间，也指这期间做的佛事，此处为春分七日。
〔三〕古代帷帐内榻榻米上面所铺之物，绫缎白表，红里，绿锦边内填薄棉。

被世人打扰的地方吧，这样自己也能下定决心离开俗世，落发为尼吧。虽然我心里这么想，但是侍女们说：『长期斋戒的话还是秋季开始更好。』妹妹要生孩子，我也不能坐视不管，想着等这些过去后再开始。就这样我等待着三月的到来。

即便这样，我也总觉得凡事无趣。去年春天我想种几棵吴竹，便委托别人给我几株，那边现在才回话：『给您几株。』我回复说：『不必了。我也不可能有什么幸福的人生，我已经厌倦了这个社会，不想做些被认为欠考虑的事情。』那边回复到：『您这么想显得心胸狭隘。行基菩萨正是为了后人着想，才种了能结果的庭木。』于是那边送来了吴竹。我希望后人看到这些竹子会想到这里曾经住过一位女人，流着泪栽种了这些竹子。大约过了两天，雨下得很大，东风也正吹得猛，前几天种好的吴竹有一两棵被刮倒了，得设法扶起来。我想着要是雨停了就好了，自咏：

淡竹悲惨经雨摧，奈何任风吹，身处浮世累。

今日是二十四日，雨静静地下着，沁人心脾。傍晚，我意外收到了他的来信：『害怕你生气时的样子，已时隔多日未见。』我未回信。

二十五日，雨依然在下，清新寂寥，我想到『只想遁入忘忧山』〔一〕的和歌，又是泪流不止，独咏和歌：

绵绵连雨日，漫漫浸愁思，泪如雨滴落不止。

现在已是三月末。百无聊赖，因为有方向禁忌，要到别处住段时间，我决定去历任地方官的父亲宅上。惦念着的妹妹也平安生子，我想着终于可以开始长期斋戒了。我着手整理物品时，他来信了：

你还在怪罪我吗？如果能得你原谅，我打算傍晚前去。你现在怎么样了？

侍女们知道后，不停劝说着：『这种置之不理的态度非常不可取。至少这次回个信吧，不能

〔一〕引自后撰和歌集·春中的和歌：春光又灿烂，花盛君薄情，只想遁入忘忧山。

就这样无视了。』于是我回复：

『月亮久不见』[一]，不知是为何。

我觉得他不会真的来，就着急搬到父亲家了。入夜之后，他竟然坦然地来了。平时那些堵心的事多，加上地方窄小人又多，我不敢喘大气，感觉像有手压在胸口，难受地过了一夜。第二天早晨，他说还有很多事要做，便着急回去了。本不应该把他放在心上、不应该抱希望，我却又在想着今天应该会来吧、今天来吧，可他毫无音信地到了四月。

父亲住处离他比较近。有时手下人沉不住气，会问我：『看到大人门前停着车，会不会是要到我们这里来？』我十分痛心，比之前更加心碎，甚至怨恨起那些不断劝我给他写回信的侍女。

四月一日，我把孩子叫过来告诉他：『我要开始长期斋戒了。说是「要求我们一起」[二]。』虽然，我决定长期斋戒，但开始时并未打算特别隆重地进行，只是在土容器里盛上香放在矮几

[一] 引自小町集的和歌：不知因何缘，山边月亮久不见，无以宽慰心难安。
[二] 主语不明，应该是僧人或者阴阳师的要求。

上，身靠矮几开始向佛祈祷。大致的内容是：我命极其不幸，一路走来一直痛苦不得安心，没想到夫妻关系变得如今这般令人绝望，让我早点实现佛愿，从烦恼中解脱吧，等等。修行的过程中，我眼泪扑簌簌地流下来。啊，曾经听别人说『现在女子也都捻珠念经呢』，我还鄙视地说『好可怜啊，这样的女人该孤独一生了』。可如今，这种想法去哪里了呢。现在我自己也是从早到晚专心念佛，虽然也没什么具体的目标。我一边专心修行，一边想着：当时听到我那么说的人，看到我现在的样子，会用什么奇怪的眼神看我呢。现在想来，夫妻之情本就缥缈不定，我之前为什么要那样说呢？我边修行边这样想着，我总是忍不住泪水盈盈。被别人看到这悲惨的样子实在是不体面，所以我一直忍着泪水，苦挨每一天。

就这样持斋修行了二十多日。一天，我梦见自己长发被剪短，额前发被分开，变成了尼姑的样子。我不想知道这个梦的吉凶，就这样又过了七八天，我梦见有蛇在我腹内蠕动着吞食内脏，要击退它需要向我脸上浇水，也不知道这个梦的吉凶。之所以记下这些梦，是为了留待了解我最终命运的人来判断、印证梦与佛是否可信。

到了五月。留在家中照料的侍女来信问：『虽然您不在家，但不铺菖蒲的话会不会不吉利，我们该怎么做好呢？』唉，现在还能有什么不吉利的事情呢？我很想回复这首和歌：

虽为人妻却孤独，不懂世故度日苦，何须借菖蒲。

但是想到没有人能懂我的这种心情，只好自己在心里思索着，寥然度日。

十五 兼家仍过而不入 心灰意冷赴山寺

斋戒结束后，我回到了自己家中，比以前更加百无聊赖，茫然度日。到了梅雨季节，院子里的花草生长茂密，我修行期间就已经让他们挖出来分了株。

那位让我无语的人还是如以往那样，时不时高声喧嚷着从我门前经过。一日我修行时，周围大声吵嚷着：『大人来了！大人来了！』我明知道他会与以往一样直接经过，但还是期待着万一会来呢，内心咚咚直跳。结果他还是径直而过，侍女们面面相觑，我更是很长一段时间说不出话来。侍女中有人议论说：『哎，这叫什么事啊。大人到底怎么想的呢？』说着哭了起来。我终于回过神来，只是说了句：『真是懊恼！我本想去山寺修行，是被劝说、挽留才住在自己家里，结果又如此屈辱。『真是心痛如焚，无以言表。

六月一日，使者送来信说：『大人现在有物忌，但还是从门下悄悄递出这封信。』我觉得很奇怪，打开信一看：

物忌已经结束了吧，还打算在那待到什么时候？你住那里，我去不是很方便，所以一直没去。我原打算去参拜，因为有秽，暂不能去了。

我回到自己的住处一事，他不应该没有耳闻，想到这我更加烦恼，强忍着给他回了信：

很意外收到您的来信以至于没想到是哪位写来的。我回到这里已经有段时间了，只是您一直没注意到而已。您可能也没注意到您以前还到访过这里，所以才频频从门前径直而过吧。这一切都是我至今还活在世上造成的错，所以也不便再说什么了。

细想一下，这样的事情仅仅是回想起来也会让胸口添堵。为了不像上次一样事后后悔，我决定还是隐居段时间。西山有个我常参拜的寺院，去那里吧！趁着他的物忌还没结束，我决定四日动身。

想到他的物忌应该结束了吧，我不免焦急，忙着整理东西。侍女们在锦绫席处发现了他以前早晨服过的药，在怀纸〔一〕中包着，问我：『这是什么？』从我去父亲家到现在，这药一直这样放着，我把药拿过来又放入怀纸中，写了这首和歌：

不再盼君至，妾身可悲无可依，药又将何置。

我又在信中写道：

如『不管居何处』〔二〕和歌所言，反正不管我在哪里你都不会来访，那我还不如搬到离你远点的地方，就不会发生从门前过而不入的事情，今天我就动身。你没问，我却自答，是有点唐突了。

〔一〕古时日本人着衣冠束带时折叠放入怀中备用的白纸。
〔二〕引自仲文集的和歌：不管居何处，终是被弃厌，隐居深山云独伴。

孩子问：『您会一直住在山寺里吗？我去告知下。』说完出门了。我又嘱咐：『如果你父亲有话要问，你就回答说「母亲放下这封信就出门了，我也要马上追上去」。』说罢让孩子带了信过去。

可能他看到信后知道我要着急出门，送来回信：

万事自有道理，先告诉我你要去哪座山寺。这段时间天气炎热，不适合外出参拜，这次希望你能听我一言，打消这个念头。此外，我有要事相谈，马上去你那。

附和歌：

从来坚信卿，为何翻席欲断情，突感意外心波惊。
真是让我为难啊。

我看了信后更加着急动身了。

十六　追忆中抵般若寺　兼家连夜急追至

途中的山路没有什么特别的风情，我却思绪万千，因为以前我与他一起因事来过这里。以前我生病的时候，在这个山寺待过三四天，也是这个季节，他都未去朝廷，一直陪我待在山寺里。想起这些，尽管路途遥远，我却一路上泪流不断。这次有三个侍从随行。

到了寺院后，我先去了僧房。向外望去，院子前围了圈柴篱笆，茂密地长了些不知名的花草。牡丹无精打采地立在丛中，花瓣已落，看到这情景，『奈何花开一时盛』〔一〕的和歌一直萦绕在我脑中，内心变得悲切不已。

我正打算沐浴净身然后入佛堂，这时，京城家里的使者慌慌忙忙地赶来，送来了留守家里的侍女的信。打开一看：

刚才有个人从大人的府上送了信过来，说：『听说夫人要去山寺，大人让我赶紧劝阻，

〔一〕引自古今和歌集・杂体的和歌：秋野花相争，女郎花丛生，奈何花开一时盛。

大人随后就到。』奴婢只能如实汇报：『夫人已经出门了，奴婢们也会随后追上的。』对方问：『为何打算去山寺呢？感觉大人很担心，我回去该怎么禀报呢。』奴婢就将迄今发生的事情、夫人的状态、斋戒的缘由等如实讲了出来。对方哭着说：『不管怎么说，我立即回去禀报吧！』然后匆匆回去了。接下来大人应该会联系您，您有个心理准备吧。

看到这个我心生不快。侍女们考虑不周，说得太夸张了吧，这下事情麻烦了。本想着如果正巧遇到月事，明后天就出寺的。我赶紧沐浴净身进入了佛堂。

天气炎热，所以我决定暂且开着门。我环顾了下四周，佛堂地势较高，像是被山环抱的地形，只见山上树木茂密，别有风情。但是今夜无月，周围昏暗看不清楚。因为是修行的初夜，法师们一直在忙来忙去，我还是开着门诵经，这时听到外面响起山寺特有的吹法螺报时声，法螺声响了四次〔一〕。

大门方向传来了『大人到了，大人到了』的汇报声以及侍从们嘈杂的声音。我赶紧将卷起

〔一〕相当于晚上十时前后，下文出现时不再另行注释。

的帘子放下向外望去，只见林木之间透出零星的火把光。儿子负起传话之责出门迎接了。他正在物忌，只能在车里，没有进寺。儿子传话说：『父亲说，「我来接夫人回去，但是一直到今天仍然有秽，不能下车，把车停到哪里好呢」？』我受不了他这种不可理喻的行为〔一〕，回复说：『您是怎么想的，怎么能做这种不合常理的事呢？我本想着起码今晚一定要虔拜，而且我已经入佛堂了。况且您还处于不净期，本就不该来这里。夜也已经深了，还是请您早点回去吧。』以此开始，儿子往返多次给我们传话。

来回往返的儿子在一町〔二〕高的石板梯间上上下下非常疲惫，辛苦至极。侍女们说着『好可怜啊、好可怜啊』的泄气话。往返传话的儿子说：『父亲说，「还是你太没出息了，这点事都搞不定」，好像生气了。』说着一个劲儿地哭了起来。我坚定地说：『我无论如何都不会回去的。』他回复道：『那算了，我也正处不净，不能留下。没办法，驾车！』我放下心来。一直传话的儿子说：『我去送送父亲。我要坐在车后面跟着回去，再也不回这里了。』说完哭着跑了出去。我一直以儿子为支撑，他却狠心说出了这样的心里话，我也说不出什么了，只能看着他们一行

〔一〕兼家物忌中还来寺院，不合常理。
〔二〕一町约110米。

离开了。这个孩子又返回来，抽抽搭搭地哭着说：『我本想去送送的，可父亲说「我需要叫你的时候再来吧」，然后就离开了。』我看着他可怜，就安慰他说：『别傻了。你父亲不会连你也不管的。』报时声响了八下，已是午夜，回京的路还很远。侍女们汇报说：『大人的随从勉强够用，但与在京城外出时相比人少多了。』侍女们哀叹着到了天明。

我有事情必须要告知京城的家里，所以要派使者传话。大夫〔一〕说：『我一直不放心昨天晚上的事，想顺便去父亲府上看看父亲。』说完就要出门，我托他捎了封信。

> 昨晚没想到您能来，还引起了一阵骚动，想到您回去的时候夜已经深了，我就在佛前虔诚地祈祷您平安。您到底是怎样想的呢，专程来山寺接我。我一时无法揣摩到您的真意，所以当时没好意思马上和您一起回城。

我认真地写完，又在信末补充道：

〔一〕儿子藤原道纲当时的官位，五位（五品）级别。自此，下文开始多次用官衔代指儿子。

来时，路上沿途都是您曾经陪我看过的风景，一路追忆来到山寺，想到以前，无比怀念。我很快就回去。

我顺手将信系在生苔的松枝上〔一〕给了儿子。

拂晓时分，云雾弥漫，触拨愁思，我深感寂寥。中午的时候，去京城的儿子回来了，说：『父亲不在，所以我先把书信交给侍从保管了。』我想他就算在家，也不会写回信的。

十七　山寺闲寂易沉思　姨母妹妹相继至

白天我一整天都在例行修行，晚上才诵寺院本尊的佛法。因为四周有群山环抱，所以即使白天也不用担心被别人看见。我卷着帘子坐着，听到了不合时节的黄莺的声声啼鸣。它立在一棵

〔一〕生苔的松枝，多次出现在和歌里，用来比喻道纲母此时的心乱。

枯树上，反复尖声地啼叫着『人到人到』〔一〕，莫非真是有人来了，我都想赶紧拉上帘子了，也可能是因为我当时神志恍惚吧。

这样没过几天，我身上来了月事，便决定离开山寺回京了。可是，京城好像在传我当了尼姑，这样回去的话会很尴尬，我只好下山到了不远处的一处屋宅内。

姨母从京城来看望我，我跟她聊：『这房子跟普通的房子不一样，我住着有点害怕，总觉得不踏实……』又过了五六天，到了炎热的六月。

树荫也是别有风情。在山阴处萤火虫闪着光，亮得出奇。在京城的家里，以前不怎么容易陷入沉思的时候，我还为『杜鹃何时再啼鸣』〔二〕着急，在这里倒可以随时听到。我感觉秧鸡就在附近，像说『敲门』〔三〕一样叫着。因而，我更加感觉孤寂，这里真是容易引发愁绪的住所。

因为我是自己要来山里暂居，所以即使没人来看望，我也绝不会怨恨，可以心绪平静地生活。但是我总在想，也许是前世的宿命导致了如今的这

〔一〕啼叫的声音『ひとくひとく』与『人来、人到』（ひとくる）谐音。
〔二〕后撰和歌集·夏的一首和歌：杜鹃夜归去，醒来再难眠，静盼何时再啼鸣。
〔三〕在日本，秧鸡的鸣叫声与『敲门』（たたく）一词的发音很像。

种山居生活。令我更加伤悲的是，现在跟着我长期斋戒的儿子看上去非常虚弱，但是又没有可以托付照顾的人，只能让他这样住在山寺里，跟我一样吃着粗茶淡饭。我是做好了吃斋的心理准备，但是每当看着他难以下咽的样子，眼泪总止不住地涌上来。

像这样在这里生活，虽然说不上完全的心平气和，但是以前动不动就流泪，还是比较心酸的。山寺的暮钟声、夜蝉的鸣叫声、周围小寺庙不断敲响的低沉的钟声，还有从前面山丘上的神社里传来的法师们的诵经声，这些声音都会让我陷入莫名的悲伤。月事有秽期间，白天晚上我都得空，就坐到房外各种沉思。幼小的儿子劝道：『来，进屋吧！』看他的样子，是不想让我过于深虑。『为什么要这样说呢？』他回答道：『不管怎么说，那样都不好，也会容易犯困。』『我自己的话真想一死了之，但是我挂念你所以一直活到了现在，接下来该怎么办呢？我想着要不要像别人传言的那样，出家为尼啊！与其完全从这个世上消失，还不如以尼姑的身份活下去，至少你会偶尔来看看我这个可怜的母亲，不至于让我太担心。就我个人来说，这样住在山里也挺好，但是看到你跟着吃些粗糙的饭食，眼看着消瘦了下去，我于心不忍。即使我出家了，你在京城的父亲也不会不管你的，但是我出家这件事本身必定会遭受非议，所以我思前想后地考虑了很多。』儿子没有回话，只是抽抽搭搭地哭。

大约过了五天，月事干净了，我再次进入佛堂。前几天到此的姨母今天要回京城。目送她的车子离开后，我呆站在那里，看着车子离树荫越来越远，我感到深深的孤寂。我目送着车子离开，站在那里陷入沉思的空儿，感觉自己好像发烧了，身体不适，特别难受，只好叫来山寺的法师诵经护身。

傍晚时分，听着法师用低沉的诵经声为我诵经，我很是感慨。回首往事，以前做梦也未曾想过自己会有如今的境遇。亲身体验了，我才体会到竟是如此孤寂、感伤。原来自己虽然也觉得不吉利，却还曾将这场景激昂地绘在画上，或者无所顾忌地讲出来。如今那场景正在我身上原样上演，〔一〕或许神灵已经以某种方式暗示了我如今的境遇。正躺在床上乱想着，京城家里同住的妹妹和别人一起来看我了。妹妹靠近我后便说：『进山来一看才知道，姐姐的心态比我在家里猜想的还要让人不忍，这是住在个什么地方啊。』说着她抽泣起来。因为这是自己想要做的事情，所以本该忍着不哭，但是我实在忍不住了。两人哭一阵、笑一阵地说了一夜的话。天亮后，妹妹满是担心地说：『一起来的人着急回去，所以我今天先回去，改天再来看你。但是你

〔一〕原本在画中、传闻中、物语中才会出现的女人在山寺里接受诵经祈祷或者亲自诵经的场景，带有某种浪漫的感伤，如今『我』亲自体验了这种场面。

也不能总这样下去……』然后她落寞地回去了。

十八　兼家使者力劝回　不为所动仍不归

最近我身体还不错，所以跟上次一样，目送他们离开后沉思着望向窗外。随后又听到侍从们一片喧嚷：『有人来了！有人来了！』我看到有一行人向这边移动，应该是他那边的人吧。他们声势浩荡，感觉像在京城的街上，一个个衣着华丽，簇拥着两驾车。他们把马四散地拴住，喧嚷热闹，带来了很多食盒啊什么的。来人先奉上布施，又将单衣啊和服布料啊什么的分发给衣着寒碜的法师们。其后顺势说道：『我们是受大人吩咐来的。大人说：「我曾经去过，但是夫人不肯下山，再去应该也是一样，我去了也是白搭，所以也不想去了，你去山寺劝劝吧。那些法师们也是胡乱授经，也不是什么好事。」世上也没有人总做这样的事。如果像外面传言的那样，您真要遁世为尼，虽然令人遗憾，我们也毫无办法。只是，大人不相劝后，您再回家生活，岂不是尴尬？当然，我想大人应该还会来接您一次。那时候如果您还不回去，恐怕要成为别人的笑柄了吧。』前来的人颇为傲慢地喋喋不休着，还说：『在西京供职的人知道您来这里后，送上了些礼物。』说罢在桌上摆满了珍奇的物件。他们为了进入深山的我，特意大老远地送来礼物，想到与之不匹配的我现在的境遇，我不免痛感自己命运的悲苦。

傍晚夜色渐浓，对方说：『我着急回去，就此告辞。我不能每日来访，但夫人又令人担心。不管您怎么想，隐居深山并非可取。您打算何时回呢？』我回复道：『我目前尚未考虑下一步。有事必须要回的时候就会下山吧。反正在哪儿都是百无聊赖。』我心想，不管以何种方式回去，现在下山肯定会成为笑柄，他肯定想到了这点，以为我不会下山才让那位使者这样说的吧。那样的话，就算回去，在家除了修行又能做什么呢。于是我说道：『能在这待多久就待多久吧。』对方说：『您这是要无限期地住下去啊。别的暂且不说，这位年轻公子这样无来由地跟着斋戒，实在是可怜。』然后他流着泪上了车，又对前去送行的我的侍女们说：『你们也都受到了大人的怪罪。好好劝说夫人，劝夫人早日下山！』他嘱咐了好多才回去。这使者回去后我的心情比以往都落寞，不光是我，其他人也是一副要哭出来的表情。

就这样，很多人都用不同的方式劝我下山，但我却不为所动。不管父亲说我什么，我都不能反对，但他此时不在京城。我写信告诉他有这么回事，他回信道：『目前这样也没什么不妥。先静心地修行段时间吧。』因此我也感觉轻松了。

他可能是为了试探我，说什么再来接我一次，我自然能明白他的意思。但是他上次来看我，非常生气地回去后，再也没有问过我现在如何。我万一有个三长两短，他会照顾我吗？想到他的不管不顾，我觉得即使再入深山也不愿回京。

十九　儿子为兼家传信　与诸慰问者通信

今天是十五日，为了精进，下午需禁食。我极力劝儿子『回去吃点鱼什么的』，让他今天早上进京了。我正在沉思中，忽然天空阴暗，疾风骤起，松林作响，雷声轰鸣。眼看就要下雨了，我特别担心儿子，路上会不会下雨，雷声会不会大，我不由得害怕地伤心起来。可能是向佛祈祷的效果，天放晴了，不一会儿儿子回来了。我问他：『怎么样？』『因为担心要下大雨，听到雷声后我赶紧从父亲那里回来了。』听到回答，我觉得儿子特别可怜。这次儿子顺便捎来了他的信。

上次失望而归，想着即使再去迎接，结果也是一样的，可能因为你厌倦尘世吧。如果哪天决定回来，希望你告诉我，我前去接你。你似乎把夫妻关系看得很可怕，我暂时也不打算去了。

另外，我也收到了其他几个人的来信，有人问：『您打算一直在那里待着吗？时间越长越是担心您了。』内容是各种类似的安慰。第二天，我回了信，给那位问我『打算一直在那里待着吗？』的人回复：

本未打算一直这样待在山里的，不料在各种沉思中时间悄然流逝，转眼已是多日。
隐入深山寺，伴着钟声暗哭泣，未想已多日。

对方送来了回信。

我已不知该说什么好，读罢钟声之和歌，内心悲痛。

又添了首和歌：

听闻相伴钟声泣，更是悲不已，身居家中却无力。

我读罢更是切身地悲痛。沉思中，一位曾经侍奉过我起居的侍女，该是一位重情之人，给一位来到这里陪我的侍女写了信：

我们府上一直很敬重夫人，但自从我离开后，听说夫人命运更加坎坷，我特别思念她。你们该以什么样的心情在照顾呢？古话说『不论贵与贱』〔一〕，身份卑贱的我不知该说什么。

我非出家人，旅途便知山路深，夫人入山心酸甚。

〔一〕引自古今和歌集·杂上的和歌：麻线织布有循环，不论贵与贱，人人有盛年。将麻线卷成空心麻线球（をだまき）织古代的一种布匹时，线会绕来绕去，和歌中用来比喻人不论贵贱都有兴盛荣衰，此处借来安慰道纲母。

侍女取出信读给我听后，我更觉悲伤难耐。原来人还有为了这么点小事就颇为动情的时候啊。我催促侍女说：『赶紧回信吧。』侍女写道：

我卑贱如麻线球，很难深切地体味到这种悲伤。夫人确实总泪流不止，每当看到夫人这样的状态，我的心情你自己想象下吧。

忆起往昔心伤悲，深山草木露，更把眼泪催。

大夫说：『父亲前几天写来的信，望母亲能写回信，要不我又要受父亲指责了，我想将回信送过去。』我说『好呀』，然后写了起来。

本想着早点写回信，但不知为何，看这孩子似乎也很难入您府内，所以我回信晚了。我还没决定什么时候下山，所以还不能告诉您什么。

最后我又想起来他信末的内容，补充道：

您上次信末附写的是什么呢，想起来我就生气，所以我也不再多言。谨上。

写罢，我交给大夫并将大夫送了出去。和上次一样，不巧又下起大雨，雷声轰鸣，我担心得胸口堵得慌。天色暗了后，雨势雷鸣减弱，儿子才回来。儿子说：『经过皇陵附近，我感觉特别害怕。』这让我很难过。他的回信写道：

感觉你比那天晚上柔弱了，该是修行后变得消沉了吧，我愈发可怜你。

二十　远房亲戚来看望　和歌赠答抒真情

第二天，有位远房亲戚前来看望我，带来了很多食盒。她开口便问：『为什么要过这样的生活呢？您是怎么想的呢，真要这样居住在山里。如果没有特别的事情，这实在不妥。』于是我就将自己内心所想、现在的境遇等，毫无保留地一点一点都讲了出来。最后她哭得很凶，似乎在说理解了。我们交心地谈了一整天，傍晚时分，亲戚要走了。我们互说着悲伤的分别话语，暮钟声响完后，她离开回去了。她是位重感情、明事理的人，走在下山的路上，应该非常同情我吧。第二天，她又让人送来了许多在山寺生活所需的物品，我既悲伤又无限感慨，心情难以用语言描述。

返程路上我一直为您伤心，都不知道是怎么回去的。想到您就是这样走进这两旁树木高耸的遥远的山路的，我内心更加难受。

她写了很多话。

如若夫妻感情好，谁会入山坳，茫茫遍夏草。

想到把您留在身后的深山中，自己却下山回京，眼泪便模糊了双眼。您啊，总是想得太多，思虑太深。

世事不如心，才入鸣泷修行谨，谁知山路深。

她用心地写了很多，就像两个人在面对面交谈。鸣泷是这座山寺前面流淌的一条河。我也饱含真情地写了回信：

承蒙您来看望，正如您所言，为什么会到这般境遇，我自己也在想。

夏草与思虑，如若比深度，夏草之深不入数。

我还没决定何时下山，但是您这样劝说后，我开始纠结该如何是好了。

只身前来鸣泷山，身如河水无复返，心无河水清。

这样看来，似乎自己可以做个例子了。

我写完后派人送了过去。

另外，尚侍妃也送来慰问信，我给她的回信写得特别用心，信封

上的落款为『西山』，不知道她怎么想的，回信落款为『东乡』，非常有意思，这就是心灵相通吧。

就这样时间一天天过去，我更加思绪万千。寺中的一位修行者要从御岳出发前往熊野，或许因为途中要翻越大越山，所以临行前写了：

君隐外山〔一〕亦孤怜，知情与否皆同感，何况赴深山。

他看似随意地把信放在了那里。

二十一　道隆来访劝回京　内心松动却未应

我就这般沉思着度日。一日中午，大门方向传来马的嘶鸣，好像来了好多人。我从树隙间

〔一〕相对深山而言的周边，尤其指离人住的村庄较近的山。

望去，只见远处有很多侍从，好像正朝这个方向走来。看着好像是兵卫佐[一]，他把大夫叫了出去，传话道：『久违问候，前来聊表歉意。』他站在树荫下的身姿让人想到京城，真是风度翩翩。他曾说过几天来看我的妹妹，最近又来了这里。公子似乎对妹妹有意，特意那样站着以引起妹妹注意。我回话道：『欢迎公子前来，请快进来吧。先向佛祈求消除之前的罪业吧。』于是公子从树荫下走出，先靠在廊上栏杆上用水净了手，然后走了进来。公子说了很多话，我问道：『你还记得以前见过我吗？』『怎不记得，而且记得非常清楚。只是未能如现在这般近距离见您。』这话让我想起了很多，一时语塞，感觉声音有点哽咽，所以先暂时平复了下心情。对方也特别安静，没有马上说什么。过了一会儿他又说道：『听您的声音有点变了，这当然可以理解。其实并非如您所想，您与父亲的关系不会如此结束的。』或许他是误解了我的心情，竟说出那些话来。他又说道：『父亲大人说「去了后，要好生相劝」。』我说：『为什么要那样说呢？你父亲即使不说那样的话，近期内我也会考虑的。』对方回道：『那么，今天就请回吧。一会儿在下陪您回去。别的不说，每次大夫回京，太阳稍一西下就着急赶紧返回山寺，看到他那样，在下也觉得此事不能一直这样。』见我没什么反应，他拖延了会儿就离开了。就这样我想下

[一] 兵卫府副长官，藤原道隆，藤原兼家与时姬所生的长子。

山又下不了，特别苦恼。我心里也知道，该来的人都来了，也不会再有人来访了。

二十二 兼家亲自来相劝 茫然无措随下山

时间就这样一天天过去，京城的多处都送来了信。打开一封，只见上面写道：

听闻大人今日将前往贵处，倘若此次仍不下山，恐被世人认为是无情之人。大人可能也不会再次前往。如若日后自己下山，将被何想，恐成为世人笑柄吧。

每个人都写的同样的内容，所以我感觉颇为奇怪。发生了什么呢，这次肯定是不容分说要强行把我带回去了。我正心神不宁，在地方任职的父亲今日要回京，顺便来看我，把能讲的都讲了，劝道：『如信中告诉你的那样，你可以短暂修行一段时间，但是孩子的身体已经疲弱至极。还是马上下山吧！如果日子吉利的话，哪怕就是今天，也跟我一起回去吧。看你的情况，今明天都行，我来接你。』父亲说得那么理所当然，我顿觉无力，也不知如何是好，只好回答说：

『那么，还是明天吧。』父亲下了山。

如同『垂钓者浮漂』[一]般思绪混乱之时，外面一片喧闹，有人来了。我想到应该是他，不觉内心紧张。这次他毫无顾忌地快步走了进来。我只好靠在几帐后面，稍微遮了遮身体，但是毫无用处。他看见我器中有香，手持念珠，经书在侧。『啊，太可怕了。不曾想你到了这种程度。你这个样子实在让人难以靠近啊。我想着或许你打算离开山寺了才来的。看来我可能还要受到佛谴了。怎么样，大夫？还能持续得了这样的生活吗？』儿子俯首端坐着回答：『非常辛苦，但是我没有办法。』『好可怜啊。那么，怎么做就看你的了。如果觉得你母亲有意离开山寺，就赶紧备车！』还没等他说完，儿子就立即起身，四处奔走着收拾散乱的身边物品，不断放进包里、袋里，随后将其全都装到车里。儿子还把围着的帷帘等收起来，将立着的几帐啊屏风啊也都噌噌得给撤掉了，我只是茫然无措，神态恍惚。他不时地瞅我一眼，满面笑容地看着大家收拾东西。『既然收拾工作都完成了，你须得起来了吧。快向佛告辞吧。这是固定的礼法。』被他大声地开着玩笑，我却根本不知该如何回话，只是流着泪。车已备好一段时间了，我一直

[一] 引自古今和歌集·恋一的和歌：渔女垂钓伊势海，心如水浮漂，不定总摇摆。

忍泪拖延着。他大约申时到的，现在已是掌灯时分了。我既没什么反应也没有起身。他说：『那没办法了，我回去了，之后随你意吧。』然后出去了。孩子牵着我的手，带哭腔地说着『快点吧快点吧』，我没办法就跟着出去了，要说当时的心情，真可谓恍若梦中。

我从大门引车出去后，他也挤了进来。一路上，他不断说着让人忍俊不禁的玩笑话，我却如同梦中行路，一言不发。一起陪住的妹妹与我们同乘一车，因天色暗也无妨，她偶尔回应几句。我们风尘仆仆地回到家中，已是亥时〔一〕。家里白天就通知我他要去看我，所以已精心打扫好院舍并开着门恭候。我直接坐车进去，茫然地下了车。

二十三　兼家玩笑化尴尬　表面冷漠实期盼

我身体也不是很舒服，所以和他隔着几帐躺着。留在家里的侍女突然靠近我说：『奴婢想收瞿麦的种子来着，但是瞿麦枯萎后根都没了。吴竹也倒了

〔一〕旧式计时法指夜里九点钟到十一点钟的时间。

一棵，但是我已经将其立起来了。』我想着这些事情也不是非现在汇报不可的，便没有回话。我本以为他已经睡着了，不料他耳朵非常灵敏，居然听到了。同车归来的妹妹睡在我们隔壁房间，他便隔着隔扇对妹妹说：『你听到了吗？这可真是大事啊。刚才听这里的侍女向一个弃世离家求佛的人汇报这些，什么要好好打理瞿麦啦让吴竹立了起来啦的事儿。』妹妹听后大笑不止。我也觉得事情比较可笑，但是没有露出笑意。夜色渐浓，到了深夜，他问周围侍从：『哪边方向不顺呢？』仔细一算，果然他府上到我这里不顺。『怎么回事呢？真是麻烦啊。哎，我们一起去附近的什么地方避避吧。』我没有回复，心想有没有常识，刚回来怎么可能一起避什么方位，便躺在那里一动不动。『我懒得自己一个人出门避方位，但这是必须要做的事。还是等凶向过了后，我再来看你比较好，但接下来又有六天的物忌。』他有些苦恼地说着，随后就离开了。

第二天早晨，他送来了书信：

可能昨天晚上折腾到太晚了，所以今天早晨我有些身体不适，你怎么样啊？还是早点结束斋戒比较好，大夫看上去特别的憔悴……

什么呀，这份心思也就存在在书信上。我虽然没放在心上，但是他物忌结束的那天，我还是想着他真的会来吗？他六天的物忌结束时已是七月三日。

二十四　兼家再失约未访　贞观殿来信慰问

中午，他的侍从们来传话：『大人准备过来，吩咐我们在此等候。』我的侍女们开始忙乱，收拾平时杂乱的各处，看到她们叮叮咚咚地各种忙碌，我内心非常痛苦。大伙儿忙了半天，天已经黑了。他的侍从们说：『车都已经准备好了，为什么现在还没到呢？』夜渐渐深了，侍女们说：『真是奇怪啊。派个人去看看吧。』派去的侍从回来说：『大人刚刚卸掉了备好的车，随身侍从们也都解散了。』又是这样！再次想起过往，我感觉无地自容，悲伤之情无以言表。如果就那样待在山寺，就不会遇到这么痛心的事了吧，果然如在山寺中预想到的那样。在场的人都觉得莫名其妙，在那悲愤地议论着，好像新婚夫婿不再上门般的严重。他究竟有多大的事才不来的呢，哪怕只告诉我原因，我心里也能释然点。这样胡思乱想着，家里来了客人。我本觉心情烦闷，无心待客，与客人聊了聊，竟觉得舒畅了些。

天明后，大夫说：『我去父亲府上问问他因为什么没能来。』然后大夫出门了。他回来报告说：『听说因为昨天晚上身体不舒服。父亲说「突然身体特别难受，所以没能去成」。』早知是这种托词的话，还不如什么都不问，假装宽容不在乎比较好。哪怕他当时仅仅通知说『不太方便，有要事要处理』，我也不至于这般烦恼。我一直想着这件事，心情烦闷，贞观殿的尚侍派人送来了信。我看了内容，发现她似乎以为我还在山寺里，言语间情感很真切。

为什么要住在那徒增思虑的地方呢？听闻您也是能不被思虑所困，愿陪伴于丈夫身边的人，为何总说与家兄关系疏远了呢？究竟发生了什么呢，我十分挂念您。

妹背川〔一〕流映人影，夫妻之情若依旧，睹兄常往行。

我回信：

我本想住在山上赏秋景，不曾想在山上依然未能解忧愁。我未做好决定便随着下山，现

〔一〕妹背川的南岸为妹山，北岸为背上，故得此名，在古语中也常用来指称夫妻、兄妹等关系亲密者。

在依然恍惚不知处。我想没人能懂我的忧虑有多深，您又是怎么听说的呢？您这看似无意的一问，让我也不由感叹。

夫妻之情已干涸，不配再称妹背河，悲叹奈若何。

之后的五日，听说他又有物忌。第六日，我的方向不吉。我的方向转吉后，我依然不记教训，心里期待着今天他会不会来呢。我的心思好像被他识破了一般，夜黑后他果然来了。他先对上次的事做了这样那样的辩解。『我想着至少今天晚上来看你，便急匆匆地赶来了。因为有方位避忌，送大家都出了门后我就那么扔着没管赶了过来。』他毫无内疚地、满不在乎地说着，我无话可说。天亮后，他说：『那些人去了不熟悉的地方避忌，现在不知怎么样了，我真放心不下。』说罢便着急回去了。

之后的七八天，他都没有来访。历任地方官的父亲说要去初濑参拜，我决定一同前往，便搬到了他们正精进的住处。不料午时左右大家突然嘈杂起来，说他来了。『真是意外！谁打开的那边的门？』连父亲也吃了一惊，大声问道。这时，他突然进来，将我平时修行用的供好的香弄乱，把念珠放到架子上，行为粗暴，莫名其妙。但是，他明白了原委后，也放松了下来，

第二天便回去了。

二十五　随父再度拜初濑　去程回忆返程趣

大约过了七八天，我们动身前往初濑。我们巳时左右离开家，随行的侍从很多，看上去光彩华丽。未时左右，我们进入了按察史大纳言大人的领地，抵达他宇治的府院。一行人这样热热闹闹的，我却独自落寞，环顾四周，无限感慨。听闻这里本应用心打理的，这个月该过大人的周年忌了，这才多久，竟已经荒芜成这样了。为了欢迎我们，负责管理这里的管家特地做了准备，周围摆着的日常用具也是大纳言生前的，黑三棱编的垂帘、画有鱼鳞的屏风、黑色柿木上垂着的枯叶色帷帐搭成的几帐等，都与使用场合非常搭配，我饶有趣味地观赏着。我本就身体疲惫，加上风刮得大，我感觉头疼，所以让侍从备好避风用具后，向外望去。周围一片黑暗，只有几艘鸬鹚船点着渔火在河面上荡舟而行，真是无比动人的风景。我的头疼也缓解了些，便将垂帘的底部卷起向外眺望。真令人感慨啊！我第一次决定参拜初濑时，返京途中他带着随从前来接我，那时就曾经进出过那个府院。就是这里，按察使大人就是从这里走出来赠送给我们许多礼物，那时我内心非常感激。到底是何种前世因缘呢，我们也曾经愉快地度过过那么一刻。再想下去，已无法入眠，我一直沉思到后半夜。看着鸬鹚船在河面上交错往返，我想道：

何物上下皆燃烧，内外皆痛苦？吾之苦闷和渔火。

黎明前，他们又开始网鱼，趣味横生。

天亮了，我们赶紧赶路。路上所见的赞野池、泉川，还是第一次见到时的样子，我不觉心生感慨。我的万千思绪淹没在周围的嘈杂热闹中。侍从将车停在夜立森林前，我们开始用餐，大家都吃得津津有味。因为要去参拜春日神社，所以我们借宿在一座破旧的僧房里。

从那里出发时风雨交加，向三笠山〔一〕出发也没用，很多随从都淋成了落汤鸡。我们终于到了神社，奉上币帛，然后向初濑方向出发。因为要给飞鸟寺供灯明〔二〕，我们便将牛车的车辕停靠在木栅栏上，环顾四周，我发现这是个有着漂亮小树林的优美之地。寺院内也是干净整洁，

〔一〕山的名字中有『三笠』，即三把雨伞。意指虽然山名中有伞，但是依然被雨淋，谐音双关。
〔二〕灯明，供奉于神像、佛像前的灯火。

泉水清澈到让人忍不住想喝，这里果然是名不虚传的『值住宿』〔一〕。大雨下得很急，真是让人毫无办法。

终于到了椿市，跟平时一样，我们稍事休息，做好各种准备，再出发时天已经完全黑了。风雨依旧，点上的松明也被风雨浇灭，周围一片黑暗。因宛如梦中赶路，我不由生出一种不安感，甚至担心起自己，真是日暮途穷。我们终于艰难地到达了祓殿〔二〕，我们看不清雨的样子，只听到湍急的河流声，听上去雨依然下得很大。进入佛堂时，我身体十分难受。虽然有很多迫切想许的心愿，但是我的身体已难以坚持，意识模糊，什么也没能祈祷，便被告知天亮了。雨还在下着，昨晚特别辛苦，所以我们一直拖延到中午才继续出发。

我们到了一片森林前面，据说穿过这片森林时不能发出任何声音，于是平时喧嚷的侍从们也安安静静，或挥手或转脸示意前进，大家都像鱼一样只是一张一合着嘴。就连平时很少心情舒畅的我都觉得特别可笑。回到椿市，人们说可以结束用斋了，但是我依然持斋。之后很多地方都招待我们，甚至行程都被打乱了。给他们赠送些礼物后，他们更加尽心地招待了。

〔一〕引自民谣催马乐·飞鸟井中的一曲：飞鸟井，值住宿，有树荫，水清凉……

〔二〕参拜寺院、神社之前净身的地方。

泉川的水位涨了，我们正愁怎么过河，突然有人说『从宇治带来了水平高超的艄公』。男人们说：『乘船太麻烦。跟上次一样，直接步行到对岸吧。』女人们建议说：『还是乘船吧。』最后大家还是听了这个建议，乘船沿河而下，艄公动作熟练，水平高超。包括艄公在内，大家都大声唱着歌。在临近宇治的地方大家下了船，继续乘车。有人说去我父亲府邸方向不吉，所以我们暂住宇治。

无数的鸬鹚船停泊在水面上，已经做好了捕鱼的准备，非常热闹。我说：『那我们到近处去看看吧。』侍从们便在河岸上拉起帷幕，将搁牛车车辕的塌台拿了过去。随后，我下车观看。就在伸进河里的栈桥下，许多船只来来往往，在用鸬鹚捕鱼。我还没见过这么多鱼，觉得非常有趣。本来旅途劳累，此时，我却忘了天色已晚，只是一心观看。侍女们催促道：『请回去吧。再也没有什么奇特的地方了。』我回：『那好吧。』便上了岸。回到住处，我还是不厌其烦地向外看着，跟上次一样，周围渔船都点着篝火。我刚要迷迷糊糊入睡，便听到一阵咣当咣当水拍打船尾的声音，好像在叫醒我一般，我便顺势醒了。天亮后，我发现他们昨天晚上捕了很多香鱼。我们将香鱼作为礼物，到处分赠，此种风情，也是我所喜欢的。我们在阳光正好的时候出发，所以天色稍暗便抵达了京城。我想立即离开父亲家回到自己家，但是侍女们也是特别劳累，所以就没回去。

二十六　记录兼家来往事　年终静观结中卷

我还在父亲家，中午他来了信。

我本想着前去接你，但不是你自己出行，所以不太合适。你要回自己的住处吗？我马上去接你。

侍女们催促道：『快回去吧，快回去吧。』刚到家，他就来了。他之所以这样做，可能是觉得我跟以前不一样了吧。他说第二天早晨还要举办还飨宴〔一〕，借着这无比正当的理由便离开了。他早上借着某种托词离开的时候较多，但我转念一想，事到如今，本就没什么值得信的，也不觉得悲哀。

〔一〕相扑节会之后，左右近卫大将等在自己府邸举办的宴会，兼家当时任右大将。

明天就是八月了。接下来的四天，他又有物忌。物忌结束后他大约来了两次。还飨宴结束后，听说他又出门了，要到深山里请人祈祷修行。过了三四天，他毫无音信。这一天正下着雨，我收到了他的信：

住在令人不安的深山，听说是要有人探望的……有人说过『无人探望颇伤心』〔一〕哦。

我回信：

我比谁都知道应该去探望，就是想让您感受下『无人探望颇伤心』。迄今我总是以泪度日，现在泪已流干。我与你已如他山之云，或许因为雨，我却突然流泪，有点不合常理。

然后他又回了信。三天后，他派人传话『今天下山了』，傍晚时分，他来了我这里。我一直不明白他对我究竟是何种心思，所以表现得冷淡生疏，他也不觉得有什么不妥，大约隔七八天

〔一〕这是常用的和歌表达。

就来一趟。

九月末，天空的景象引人遐思。今昨两日，风刮得比往常都冷，有时突然下起阵雨，我备感寂寥。眺望远山，远山如同涂上了绀青色，我不免想起『深山落霜霰』[一]这一和歌。『野外的景色该是多么漂亮呀。好想去赏景，顺便到哪里参拜下啊。』我前面的侍女听我这么说后，回道：『对啊，该是多么美妙的事情。要不您偷偷地去初濑吧。』我说：『去年我为了明确自己的运势，思前想后，最终决定去参拜石山寺，先看看御佛是否灵验吧。明年春天的时候再去初濑。不过，我这薄幸之身，也不知道还能不能等到那时候。』我内心极为不安，随口吟出如下和歌：

曾叹泪湿袖，今感全身浸雨湿，垂泪度余日。

我最近常在想，可能活在这个世上就是无意义、无乐趣的。在这种状态中，不知不觉到了二十日。我每日只是日出而起，日暮而息，重复着这种不同于他人的别样生活。今早也是百无聊赖，向外望去，只见屋顶上落满白霜。年幼的侍女们穿着昨晚的寝服，开始张罗着『我们开

[一] 引自古今和歌集·神乐歌中的和歌：深山落霜霰，近山葛草正茂盛，如为染群山。

始念防冻疮的符咒吧』，很是可爱。『啊，太冷了！雪在霜面前都自愧不如。』我边说边用袖子遮口。这些人依靠着我，听到她们的小声嘀咕，我内心难以平静。十月在我们不断的惋惜中流逝。

十一月也是同样的状态，就这样又到了二十几日。他自从上次来过，二十多天没再露面，只是来过两次信。我总是持续着这种不安的状态，感觉连心酸也已耗尽，有气无力，只是茫然度日。一天我突然收到来信：

连着好几个四天都是物忌，我想着今天能尽快过去。

他竟然交代这么细致。这是年终十二月十六日左右的事情了。

过了一会儿，突然阴云密布，下起了雨。我想这样的雨日，他肯定会说来不了之类的，在各种猜想中天色逐渐暗了下来。雨下得这么大，他不能来也是正常，但是想到他以前总是风雨无阻，我不免感伤起来，泪水盈盈，忍不住写了首和歌派侍从送了过去。

大雨碍脚步，只有悲孤独，忆往昔风雨无阻。

约莫着信使应该到了那里，突然听到南向的堂屋格子窗外好像有人来。窗是关着的，家里人都没注意到，只有我听到了异常。打开侧门，不料他进来了。雨下得正大，很难听到声音，现在才能听到他大声说：『赶紧让车进来！』他对我说了好多话：『虽然我一直受到你的指责，但看在我今天冒雨前来，也能原谅我了吧……』又说：『明天到你这方向不吉，后天开始又有物忌，这些不得不做啊。』真是借口巧妙。派去送信的使者应该是没遇上他，我庆幸地舒了口气。晚上雨停了。『那我傍晚再来。』说完他便走了。因为方向不吉，我还是白等了，他没来。事后他送信解释道：

昨天晚上家里来了客人，加上夜已深，又让诵经，就没去你那里。又该像以前一样，心情郁闷了吧。

我上次闭居深山后，被他起了个『雨蛙』〔一〕的绰号，便写了下面这首和歌给他。我心想他到别处的话，就不会方向不吉了，极为不悦：

茉莒草〔二〕神不助蛙，昏会约定总被负，痛不欲生中。

时间到了月末。

有人告诉我他每晚都去那个让我忌恨的女人处〔三〕，我内心无法平静。岁月流转，到了年终驱鬼的日子。我想着放弃吧，不免内心满是凄凉。周围大人、孩子都大声喊着『鬼留外、鬼留外』，只有我像个旁观者在静观。或许这种仪式只有诸事顺利的家庭才想举行吧。听到有人说雪下得正大，年终之时，好像凡事已想通，思虑也已尽。

〔一〕指上次闭居鸣泷般若寺后被兼家带下山回京之事。雨蛙的日语发音为『あまがえる』与表达尼姑回家的『尼帰る』谐音。
〔二〕茉莒草，又名车前草，民间传闻用这种草遮住蛙身，可以帮青蛙起死回生，道纲母用青蛙自指。
〔三〕指近江。

下卷

一 年初决定心平和 两方下人赠和歌

生活这样继续着，天明后就是天禄三年〔一〕了。我感觉已忘却了全部的痛苦与烦恼，心情明快。元旦这天我帮大夫装扮好后目送他去朝廷拜贺，他出门前先在院子里以这身装扮对我拜贺，我感到他已出色地长大成人，不禁热泪盈眶。本想今晚开始斋戒修行，但是好像要来月事，世人认为这样不吉利。我内心暗想着，不知日子又会怎样。今年不管他做出什么过分的行为，我都不会再叹息，这样想着竟然心境平和下来。三日，举办天皇元服仪式，世人都很兴奋。七日据说是白马节会〔二〕，却没多大动静，就这样过去了。

八日，他来了，辩解道：『眼下节会正多。』第二天早晨他回去时，等他的侍从中有一位将空桶盖与一首和歌送给了我家侍女：

〔一〕日记中仅此处明确写明年份，为公元972年。
〔二〕天皇御览左右马寮献出白马，然后设宴招待诸臣的仪式。

无聊之际盖作镜，只因君欠诚，未觅得芳影。〔一〕

侍女将盖中盛满美酒佳肴送了过去并在未挂釉的素烧酒杯上写下和歌：

盖乃并非镜，怎得见人影，实为求酒不为情。

就这样，他偶尔来访，我也只能暂缓修行，没能像世人那样忙着做新年佛事，十四日已过。〔二〕

〔一〕当时民间相信，将桶盖作镜子，如果对方对自己有诚意，则能在桶中所盛液体或桶盖上看到对方的身影。此处亦暗示桶中无酒。

〔二〕正月八日至十四日，朝廷举办斋会，民间也会举办佛事活动。

二　兼家荣升大纳言　放弃执念心悠然

十四日左右，他派人送来一件旧袍，嘱咐说『将这件衣服改漂亮些』。虽然他告诉了我哪天要穿，但是我还是没有着急缝制。他的使者第二天就来催促『快点吧』，并捎来信：

未想缝制如此慢，欲将此衣穿至烂，情深至永远。〔一〕

其实这边已经将缝好的衣服派人送过去了，但是没附信。他收到后说：『缝制得不错。就是对待衣服有点缺诚意，没有附信。』我听后有些生气，派人送去了这首和歌：

如此催促实为难，旧袍换颜本就慢，旧物招人厌。〔二〕

〔一〕穿衣服的『着』（着·き），与来看望的『来』（来·き）谐音双关，衣服穿旧、穿烂的『なれる』与夫妻情深、关系亲密的『なれる』谐音双关。

〔二〕此和歌也是对兼家上首和歌的回应，此处的旧物，也暗指年老色衰的自己。

之后听说朝廷要任命京官，他则是音信全无。

今天是二十三日，早晨我还没有将格子窗拉起，旁边的侍女就起床打开侧门说：『哎呀，下过雪了呢！』这时我听到了黄莺的初鸣，但我的心好像愈发老去，不能像以前那样想出什么和歌来了。

京官任命下来了，二十五日，他荣升为大纳言[一]，周围一片祝贺声。但是我想到他今后将更加受约束了，与前来祝贺的人相反，我觉得自己受到了愚弄，并不开心。只有大夫内心似有说不出的高兴。第二天，他写信来问：

为什么不说句『您该多么高兴啊』之类的话呢？你什么都不说，我都感觉不到晋升的喜悦了。

[一]属于太政官府的次官，地位仅次于左右大臣。

月末的时候，他又送来一封信：

你那儿发生了什么事？我这边特别忙。你为什么连封信都没有送呢？真是薄情啊！

他最后可能是没话说了，竟然对我用上了我想说的怨恨话。想着他今天应该不会来，我回信只写了：

您在天皇面前负责启奏，忙得脱不开身，不能前来也是无奈之举，对我来说并非好事。

写罢，我派人送了过去。

虽然他现在足迹渐远，但我已不再觉得痛苦，相反觉得很轻松。一天晚上我安心地躺下睡着了，忽听到有敲门声，一下子醒了。我觉得奇怪，侍从马上把门打开了，我一阵慌乱，只见他已站在侧门前喊着『赶紧开门！快点！』。我前面的侍女们穿着都比较随意，所以都马上藏到一边去了。花费太多时间去招呼实在说不过去，所以我膝行至侧门口，边说边开门：『以前我总想着或许您会来，睡觉一直不锁门，最近不再期待了，所以锁得很紧，不好开呢。』打开门后他说：『我一心过来看你，结果大门紧锁开不了。』黎明前，有风吹动松林的声音，听上去特别可怕。我甚至想，自己孤枕到天明的那些夜晚，幸亏神灵保佑没有听到过这可怕的声音。

天明之后，便是二月。雨悠然地下着。拉开格子窗，却不见他如往日般匆忙，或许因为下雨，他没有着急回去。我无法想象他就这样待在这里。过了一会儿，他念叨：『侍从们到了没有啊。』起身后在柔软的直衣〔一〕外面套了件软硬适中的红色绢绸褂，露出指贯〔二〕，束带松松地系着。他走出去后，侍女们劝他『您用点餐吧』。他和颜悦色地回复：『我平时都不吃的，就不需要了。』然后吩咐道：『赶快取刀过来！』大夫取刀过来后，单膝跪在檐廊〔三〕上恭敬地将刀递上。他慢慢踱步环顾四周，说着『你们好像胡乱地烧了那些枯萎的花草』等。接着他走到盖有雨布的车前，侍从们轻巧地抬起车辕，他便坐了进去。侍从拉好车帘，将车拉到了中门。侍

〔一〕直衣，天皇以下的贵族的平常衣服，样式与『衣冠袍』相同，但是没有与地位相称的色调、纹样限制。

〔二〕指贯，一种裤脚肥大有束带的和服裤，贵族着直衣或狩衣时穿用。

〔三〕原文『簀子』（すのこ），指古时寝殿式建筑外侧，用竹子、板条等有间隔地横排来订成的台架檐廊。

从们开着道渐渐离去的声音，听上去也是悠然惬意，甚至让人嫉妒。

这些天来，风一直狂吹，所以南向的堂屋格子窗一直没拉开。但是今天，这样目送他离去后，我继续眺望窗外，只见雨正不紧不慢地静静地下着。尽管院子有些荒芜，但是草儿处处层生，萌发新绿，使人感觉清新有趣。中午时分，阵风吹散了积雨云，天空放晴，但是我的心情却意外不佳，直到日暮时分，一直思绪万千。

三　衣着失态迎兼家　心境平和观自然

三日晚上开始下雪，积雪有三四寸〔一〕厚，今天早晨依然下着。我卷起门帘望向外面，只听侍女们说着『啊，好冷啊』。风也刮得很大，世间一片寂寥。

此后天气回暖。八日左右，我去了在地方任职的父亲处，很多亲戚也来了。年轻女子们很多，弹着筝、琵琶，奏着符合这个季节的曲子，我在谈笑声中度过了一天。翌日清晨，客人们

〔一〕一市寸合三十分之一米，后文出现不再加注。

回去后，我内心一片宁静。

刚到家，他送来了信：

长时间连续物忌，加上新任官职，一直谨言慎行。今天我想尽快去看你。

他信写得很用心。我派人送了回信。虽然他在信中是马上要来的语气，但是未必真的能来，现在我已经被他逐渐遗忘，他来不来我都不在意了，甚至已生谛念。我正悠闲地待着，中午午时左右，听到周围报着『大人到了！大人到了！』。我正慌张地做准备，他便进来了。我也没装扮好，心情也还没放松，便与他相对而坐，我很是心神不宁。过了一会儿，侍女们端来餐食，他稍微吃了点。傍晚时分，他说：『明天举办春日祭，我定得去任献币使。』说罢他整理好装束。前面有一众侍从开道，他前呼后拥、威风凛凛地出了门。侍女们马上聚了过来，有些内疚地议论着：『碰巧衣着随意，行为散漫，大人会怎么看呢？』我其实比她们更尴尬失态，只是现在早已经被他厌弃了。

不知为何，近来天气阴晴不定，真是春寒料峭。晚上，月光如水，清澈明亮。十二日，雪随东风而舞。午时左右，开始下雨，雨静静地下了一下午，世间一片寂寥。直至今日，他尚无音信，果然如我所料。但是想到从今天开始他可能有四天的物忌，我心境平和了些。

四　向解梦人占数梦　暗盼道纲能升腾

十七日，雨悠然地下着，加之他到我这里方向不吉，概不会来，我只觉世间寂寥。内心空荡无依时，来了位解梦人。我前年参拜石山寺时，那些内心无依的夜晚常听到一位法师在礼堂虔诚地诵经修行。当时我问过他，他回答说：『自去年开始闭居此山，正辟谷。』于是我便请求他：『那么请您也代我祈祷吧。』这位法师后来送信告诉我说：『此月十五日夜晚，贫僧梦见夫人袖纳日月，将月置于脚下，将日抱于胸前。请向解梦人占下此梦。』我觉得法师过于夸张，概是乱说一通，此事可疑幼稚，便一直没有问过解梦人。此时，便正好作为他人的梦告诉了解梦人。不出所料，解梦人吃惊道：『究竟是什么人梦的呢？此梦意味着将把持朝廷，能如愿推行政治。』于是我说道：『果真如此啊。梦的解释没错，我怀疑系讲梦的僧人乱说一通。这件事保密哟，确是有些离奇。』然后我不再提及此事。

另外，身边的侍女也讲了自己的梦：『我梦见这座院子的大门被改造成四角门〔一〕了。』解梦人说：『这代表此宅院中将来要出公卿大臣。夫人或许会想到您家大人最近荣升大臣之事，然非指此事，而是少公子日后的荣耀。』

另外，我也占了自己前天晚上做的梦，我梦见自己右脚脚底突然被写了『大臣门』之字，我吃了一惊还将脚翻过来看。解梦人回复说：『与刚才的梦寓意相同。』我虽然觉得这概是言过其实，不可当真，但是在这个家族中也并非不可能，于是我暗想，或许我唯一的儿子将来能获得意想不到的幸运。

五　插叙宰相兼忠女　达成收养其女意

虽说如此，但以目前的夫妻感情来看，将来并不可靠，而且我只有一个儿子。在此之前，四处参拜之时，我也都虔诚祈祷过神佛，能再赐我个孩子，最好是女孩，但未能如愿。我现在

〔一〕四角门，是大臣以上的权贵居住的宅院的门。

我想好好照顾她，的年龄很难再有孕，便想着设法收养个出身不那么卑贱的人家的女儿为养女。于是跟两三个人商量让她与儿子友好相处，也想让她为我养老送终。近来我一直有这种想法，听说生有一可爱了下。有人跟我提议：『有个什么源宰相〔一〕兼忠的女儿，曾经跟大人交往过，依靠着这位母亲的小姐。同样是收养，把这位小姐作为养女如何？这对母女现在志贺山麓，这女人还是已逝兄长禅师君一起生活。』这么一说，我也想起来了：『对对，是有这么回事儿。不知什么缘阳成院的后代。宰相大人去世后，服丧期还不满，以我家大人那种好女色的性格，由两人有了接触，最后成了那种关系。开始大人以平时的好色之心交往，但这女人没有什么过人之处，年龄又大，可能开始并不顺从他意，但好像还是有回信。不知后来他去过她那两次，不知为何，他还什么原因，还为那个女人带去过单衣。另外还有很多事情，我已经记不得了。送去过和歌。』

越过逢坂终相见，好似旅宿度良宵，绝非露水缘。

〔一〕『宰相』为『参议』别称，位居大臣、大纳言之下。

这是极为老套的和歌，所以那女人回的和歌也极为普通：

一心与君度良宵，茫然不安绕，
此种旅宿不曾晓。

他还说：『我把这比作旅宿，她怎么也在和歌里咏为旅宿，真可笑。』我还跟着一起笑了。之后也没有什么特别的事情。不知是对他什么信的回复，那边还送来过这么首和歌。

露落并泪流，愈发夜湿袖，思念之火未烘干。

然后两人关系逐渐疏远了，但后来听他讲，『听说以前交往过的那个女人生了个女孩，说是我的孩子，应该是吧。要不要领来让她在这住下』？应该就是这个女孩子吧。那就收这个孩子为养女吧。我让人一打听，这个连他都不清楚后来如何了的孩子，如今已经十二三岁了。听闻这位母亲一直把这个孩子带在身边，住在志贺山东麓，前面是近江湖，背靠志贺山，住处不安定，就这样生活着。我首先想到的是将心比心，住在那样的地方，该是极尽悲伤、道尽怨言了吧。

事情如此。这女人的异母兄长也在京为法师，告诉我此事的人与这位法师相熟，于是叫来他商量。法师说：『哎呀，贫僧认为此事极好。原本她照顾女儿就境遇不安，加之现在又想出家为尼，近期要搬至别处。』法师第二天马上翻过志贺山，去了她的住处。这个女人见平时不太走动的异母兄长特意前来，不免奇怪，问道：『您此行有何要事？』法师闲谈一阵，然后讲了这件事。开始不知她如何想的，既不说话也无回应，然后突然恸哭，最后心情平静后说：『我个人已是如此，但是把孩子也带到这种地方，极为痛苦，已经无路可走到想放弃。您既然提出这件事，那就按您的意见来办吧。』第二天法师回来后，这样汇报给我。事情在意料之中。或许是有宿缘吧，我正受触动伤感之时，法师说：『那么，您先给对方写封信吧。』『当然了，我马上写。』我说完马上写道：

虽然迄今未曾给您写过信，但一直听闻您的情况，所以希望您不会太意外是谁写的信。您可能觉得此事太奇妙，想必禅师已经将我的心意转达过了。听闻您的回复后我也甚为欣慰，故先给您写信聊表谢意。我深知请求十分失礼，但是听闻您有出家之意后，还是希望您能忍痛放手一直疼爱的小姐。

第二天，那边给了回信，写着『非常愿意』等，爽快地答应了。法师在中间协调的事情也都写在了信上。我一方面感到高兴，另一方面想到母亲即将放手自己疼爱的孩子时的心境，又感到哀伤。信的最后也证明了这一点，那边写道：

泪目模糊，如遮烟霞，已分不清笔迹，想必您读起来不舒服。

五　派人前去迎养女　父女意外把面会

其后我们又书信交流了两次，事情已全部谈妥，我打算让法师们前去接女孩到京城。想到孤零零地送女儿出门时母亲的痛苦，我内心十分悲伤。放手孩子时的心情大抵都一样吧，只是她可能还期待孩子的父亲可以帮忙照料。我也同样期待，但是可能很难指望上他吧。我不禁担心，如果期待落空，她可能会更加可怜。虽然我想到了这些，却也无能为力，既然已经约定好了，也不能悔改了。『这个月十九日是吉日，是迎接养女的好日子。』我们这样决定后便开始准备迎接。为了不引人耳目，我们只是派了简易的网代车，外加四名骑马的侍从与一众下人。大夫同行坐在车的后面，负责牵线的中间人也一起去了。

那一天，他竟然罕见地送来了信。我说：『大人可能要来，怎么办啊。碰上的话不太好吧，赶紧去带回来吧。我暂时不想让他知道那个孩子的事。』『凡事顺其自然吧。』[一]我跟大家商量着。虽然派人尽快去迎了，但还是他先到一步。我正不知如何是好，过了一会儿，迎接的一行人回来了。他问道：『大夫去哪儿了？』我含糊地应付了过去。不过我平时也预想过会有这样的情景，就告诉他：『我对未来不安，所以决定收养一个被父亲遗弃的孩子。』他马上明白了，问：『好想见见啊。会是谁的孩子呢？不会是看我已经老了，找了个年轻男子要跟我断绝关系吧？』我听他说得可笑，便说：『那么，领给你看看吧。能当作自己的孩子吗？』他听后马上催促我道：『当然可以，照你说的做。赶紧让我看看吧。』我也是从刚才便一直挂记着那孩子，于是把孩子叫了出来。

女孩长得比听说的年龄要小，看上去就是个小孩子，我把她叫到跟前，让她站起来给我们看看。她身高也就四尺[二]左右，头发或许因为脱落过，被剪过发尾，披在身上不足四寸。孩子看上去惹人怜爱，头发样式也很好，姿态优雅。他见了后说：『啊，真惹人怜爱。是谁的孩子呢？你别隐瞒了，赶紧告诉我！』看这个孩子就算知道眼前的这位就是她父亲，好像也不会

[一] 道纲或者侍女的回答。
[二] 一尺为三分之一米，四尺约为一米三。后文出现该单位不再加注。

害羞，我心想那还是如实说吧：『觉得可爱吧！那我可要说实话了。』他更加着急催我说了。『哎呀，别再问了，就是您的孩子啊！』他吃了一惊：『什么？你说什么？你说谁的？』见我没有立即回答，他又说：『莫非是传闻中那个被生下的孩子？』我回复：『正是。』『究竟是怎么回事？我以为她已经落魄，不知身居何处了，不曾想成了这样。』他说着不由得流下了眼泪。这个孩子不知怎么想的，也俯身哭了起来。在场的人也都备受感动，情景如同古物语中所描述的，大家都落下了泪。我也是几度抽出单衣的衣袖掩面而泣。他开着玩笑说：『事情太突然了。本想着以后不来这里了，结果又来了这么位可人儿，让我带走吧。』大家哭一阵笑一阵的，直到深夜才睡去。

第二天早晨，他临走时又把这个孩子叫出来端详，看上去很是疼爱这个孩子。他笑着说：『我马上带你走吧。车备好后快点乘车哦。』然后他便回去了。之后他每次来信，必然问及『那个小人儿怎么样了』。

六 二月庭院春意盎 近处起火兼家访

二十五日夜晚，午夜过后，周围突然人声喧嚷，原来是发生了火灾。听人议论说就在附近，是那个可恨的女人住处〔一〕。二十五、二十六日听说是他惯例的避忌，他却送来了信，说是『从门下悄悄递出』。信的内容很恳切周到。如今，我连收到这样的信都觉得不可思议。二十七日，我家方向对他不吉。

二十八日，中午未时左右，有人报着『大人到了！大人到了！』。侍从打开中门，将车直接拉进院子，只见引道的众侍从们立在车辕两侧，车帘卷着，内帘拉至左右别好。随从拿来搨台后，他马上下了车，从正盛开的红梅树下从容地走过来，那身姿与盛开的花相应。他大声说着『哎呀，高雅有趣呐』，进了房间。我想到第二天向南不吉，而他的府邸正好在我住处之南，问他：『为什么不告诉我呢？』『如果早告诉了你，你打算如何呢？』『换个方向，去别处呗。』看来今后得好好看清你的内心了。』我们互不示弱地斗着嘴。我觉得自己完全可以教女儿习字啊和

〔一〕近江处。

歌啊什么的，他却说：『辜负期望可不好哦，我打算过段时间让她和家里那位女儿〔一〕一起举办着裳仪式〔二〕。』说话间天黑了。『既然需要避开方向，那我干脆去冷泉院参拜吧。』说罢，他让侍从高声开着道，从我这里离开了。

最近天气很好，阳光明媚，惬意舒适。和煦的春风送来阵阵梅香，诱出了山谷中黄莺的啼鸣。时不时也能听到鸡鸣等各种声音，一片祥和。再细看屋顶，麻雀们忙着筑巢，不停地从瓦下出出进进，啾啾地欢叫着。院子中的草在冰雪融化后冒出了新芽。

闰二月一日，雨静静地下着，之后天空放晴。三日，他到我这里方向该顺，却没有音信。四日亦是如此，我觉着奇怪。入睡后，半夜听说有人家起火。虽然我听说就在附近但也没打算立即起床。可是很多人前来看望，就连身份不适合步行前来的人也来了，我只得起身，出去招呼。有人说『火好像灭了』，于是各自回去了。我刚进里屋躺下，便感觉好像有开道的侍从们停在了门前。我觉得奇怪，仔细一听，有人报『大人到了』。已经熄灯了，所以屋里很黑。『哎呀，好黑啊！看来是仗着刚才的火光没点灯。觉得火灾离这里很近所以我过来看看，但是火已

〔一〕兼家与时姬所生的女儿，藤原诠子。可能时姬已经携子女住进了兼家的东三条府邸。

〔二〕相当于男子的元服仪式，指女孩子第一次着正装『裳』并将头发盘起的成人仪式。

经灭了，我是不是要回去啊。』说着他便躺下了。『我半夜就想过来，但是侍从们都退下休息了，所以没法出门。以前的话自己骑匹马也就过来了，无奈现在身份不自由了。睡前我还想，如果有什么大事我就可以这样过来了，结果睡下后就听说了这件事，真是有意思，不可思议呀！』他做出一副很在乎我的样子。天明后，他说『来得太急了，车子什么的不体面』，于是早早地回去了。六日、七日，听说他又有避忌。八日，有雨，夜晚我听到石上的苔藓被雨淋着，似乎发出了痛苦的声音〔一〕。

十日我去贺茂参拜。有人偷偷邀请我说：『一起如何？』于是我欣然一同悄悄前往。贺茂每次都能给我新鲜感，今天我也觉得神清气爽。看到那些正在耕田的人劳作的场景，我不禁感慨，原来人还需要这般辛苦地生活。经过紫野前往北野时，我见有女人和孩子在沼泽地里采摘着什么。仔细一看，我马上想到，该不会是在采『乌芋』吧，一定弄湿了『裙裾』〔二〕吧。翻过船冈山山麓，也是饶有趣味。我天黑后到家，刚睡下就听到猛烈的敲门声，突然惊醒，竟然是他来了。我怀疑他该是到附近的女人家，人家不凑巧将他给赶回来了吧，他倒是满不在乎的样子，

〔一〕化用千载佳句中傅温的诗：春风暗剪庭前树，夜雨偷穿石上苔。
〔二〕源自万叶集·卷十的和歌：为君涉山田，沼泽采乌芋，雪水湿我长裙裾。

我却是心有隔阂，彻夜难眠。第二天早晨，太阳升高后他才回去。之后又过了五六天。十六日，雨丝细密飘逸。天明后我才知道，我睡着时他送来过一封深情的信。

今日方向不吉……该如何是好……

我给他写了回信，不久他本人来了，而且当时天色已晚，我觉得很奇怪。到了晚上，他说：『怎么办？给神灵供上币帛以祈求原谅，然后留宿在此？』看他似乎有些犹豫，于是我说『这样做是起不了任何作用的』，催促着他离开。他要走的时候，我忍不住说：『这次不算晚上来过哦。』他听我这样小声说后回道：『那我岂不是白来了？别的晚上可以不算，今晚可一定要算呀。』我怀疑他还有别心，果然如我所料，之后有八九天他都杳无音信。他事先想到了这一点，所以才要把之前那次算在过夜数里面吧，我再三思索，少有地主动给他写了首和歌：

片时亦入数，鹬鸟搔羽累悲啼，频频不至独悲泣。〔一〕

他回复：

思君无限度，胜于鹬鸟搔羽数，为何仍悲哭。

我给他写了和歌，他却还是没理解我，我开始后悔为何要主动写和歌以至于事情变成了现在这样。最近院子里铺满了纷纷落下的樱花，望过去如同一片花海。

二十七日，从昨日傍晚开始持续下着雨，风吹落了枝上残花。

〔一〕承接上文兼家让将短暂的来访也算夜晚来过，化用古今和歌集·恋歌的一首和歌：晓鹬搔百羽，吾计独守夜之数，频频不至实悲苦。

八　邻家失火儿担当　在意兼家是否访

时至三月。树已抽新芽，似可遮雀影。我感觉似乎要到贺茂祭的时节了，我开始怀念神木与笛子〔一〕，有些哀伤。他一直毫无音信，我却还在后悔主动给他送了和歌，以往他也有不联系我的时候，这次我却失去了原有的沉稳。这次我究竟是抱着什么样的心情呢。

这个月已到了七日，今天他来信说：

希望你将这件衣服缝一下。目前我需要慎行，不能前往。

他态度还同以前，没什么联系却突然直接说事，所以我只是冷淡地回复了『衣物已收到』。

中午时分，又开始悠然地下起了雨。

十日，朝廷要举办八幡宫的临时祭，周围异常热闹。我跟友人要出去参拜，便悄悄出了门。

〔一〕神木与笛子都是贺茂祭的风物。

中午回来的时候，留在家的两位小主人劝我说：『特别希望您能去观看下，听说仪仗队还没有通过。』于是我刚回来便马上原车出发去观看。

第二天，身边的人议论着要去看队列返宫，我心情不佳，便一直躺在床上，根本不想去看。周围的人都在劝，于是四人乘坐一辆槟榔车出发了。我们将车停在冷泉院大门北侧。前来观看的人并没有那么多，所以我心情好了很多。将车停下后，过了一会儿仪仗队便过来了。有位我熟悉的亲戚也夹杂在队伍中，旁边是一位陪从、一位舞者。

最近一切如常。

十八日，有人要去参拜清水寺，于是我悄悄陪同前往。初夜的修行结束从寺内退出时，正好是午夜子时[一]左右。我先到了同行者家中。我们正一起进着餐，侍从们汇报说：『我们发现西北方向有火灾，要出去看看。』有人回应说：『远在唐土[二]呢。』我虽觉得距离较远，但还是有些担心，听到人们说『失火的是长官殿』，不免心惊胆战。我的住宅与失火处仅一墙之隔。周围那么乱，孩子们会不会遇到困难？我想着赶紧回去，因为着急，连车帘都没来得及挂上。我

[一] 旧式计时法指夜里十一点钟到一点钟的时间。
[二] 对距离之远的夸张说法。

终于乘车回到家，这时火已经灭了。我的房屋未被烧，所以长官殿的人们都聚到这里来了。幸亏大夫在家，原本我担心女儿会吓得光着脚跑出去，结果她坐在车上，紧闭着门，没有想象中的狼藉。哎呀，这个孩子作为男子汉，处理得真是不错。耳闻目睹了这一切，我心中涌起一股热流。逃到这里的人们感叹着『真是捡了条命』。火完全熄灭后，过了一会儿，几位可来可不来的人陆续来慰问，最该来的他反倒根本没露面。曾经，只要发生火灾，他都会立即赶过来看看是不是这里，如今，就连邻处发生了火灾，他都不来看望，感情真的淡了，我不免失望。应该有人去他那儿汇报火灾『如此如此』了，问了他的杂役啊随从啊，能了解的都问了，都说已经汇报了。太过分了，真让人失望，我正悲伤着，忽然听到了敲门声。下人去看了看，汇报『大人来了』，这时我心里才稍微平衡了。『在你宅上帮忙的侍从回来汇报说你邻处发生了火灾，我听后吃了一惊。我过于意外，所以来晚了，还请见谅。』聊着聊着时间便过去了，听到鸡鸣后〔一〕他依然躺在床上，好像什么都没发生一样睡着懒觉。早上也依然有很多来看望的，喧喧嚷嚷的，我也不便从容地躺着，便起身招待。他说：『人会越来越多吧。』说罢，慌忙起身回去了。

过了几天，他送来很多男人穿的衣物，附信说：

〔一〕男子在女子处留宿时，鸡鸣便是催促男方赶紧离开。

都是现成的东西，先送给长官吧。

他说：『我想着可以分给在你那里避难的人，便备好了东西。』这确实可以救急。我将其都染成了浓桧树皮色〔一〕，但做得太粗糙了，我自己都不想看。让人占卜后说：『因为火灾，将有三人生病，而且可能蒙受言语之灾。』

二十日，他没有来访，又是一天。二十一日起四天，听说他依然有物忌。

今年南面方向不吉〔二〕，因此哪怕是短时间，也不该留下聚在我这里的人。二十日我便将其全都给转移到历任地方官的父亲的住宅了。我想着如果是那里的话应该没什么可担心了吧，随即也意识到了自己的无情。原以为自己一直命运不幸，该不会怜惜自己的命，可是当我注意到自己竟在柱子上贴了好几张避忌的符，才意识到原来自己还是恋着尘世的。二十五日与二十六日有物忌。物忌结束的那天晚上，我听到有敲门声，于是说：『如您看到的那样，因为物忌已闭紧

〔一〕下人衣服常用的颜色。
〔二〕可能失火的长官殿在道纲母住处南面，担心那里的人居留在自己住处对自己不利。

了门。』对方没说话就回去了。

第二天，他明知我这里方向不顺，白天还是来了。他是傍晚点灯时分回去的。之后如以往那样，他总有各种不便来的借口，时间也一天天过去。

我这边也相继有物忌，过了四月十日，周围因为贺茂祭而热闹起来。有人邀我悄悄地一起出门，于是我们一起观看了斋院的御禊等很多仪式活动。我想着献上个人的币帛，于是参拜了贺茂神社，正好碰上一条的太政大臣〔一〕一行也来参诣。大臣威风凛凛，令人生畏，踱步而行的样子跟他真是很像。他盛服的样子也不逊于这位大臣吧。听到有人称赞这位大臣说：『太出色了，多么优秀的人啊。』有人附和说着赞美之词，表示赞同。我随即想到了我们不和谐的夫妻感情，更加悲伤，陷入沉思。

九　道纲路遇大和女　频送和歌表心意

我被一位比较乐观的人邀请，一天我们又一起去了知足院附近，大夫也跟车同行。乘车返回

〔一〕兼家的同母兄长藤原伊尹，府邸位于一条院。

的时候，我们跟在一辆身份应该不低的女性的用车后面，大夫为了不落在后面，追了上去，问能否告诉住址，女子立即避开，不想被知方向，大夫又追了上去问了住址。第二天，大夫送去了这样一首和歌：

相逢之日遇葵祭〔一〕，葵祭今日终，相思之苦何日止。

对方貌似回复了：『不记得曾相遇。』于是大夫又送去了一首和歌：

打探芳宅相思漫，欲访三轮山下庵〔二〕，若有情必迎。

对方可能跟大和国有关。回信：

〔一〕葵祭，四月份贺茂神社与下鸭神社举行的祭祀仪式，为平安时期具有代表性的盛大祭祀活动，因牛车、神殿、冠等均用葵蔓装饰而命名。相逢之日『あふひ』与葵祭的『葵』（あふひ）语音双关。

〔二〕引用古今和歌集·杂下中的和歌：三轮山下吾庵，门前立云杉，如若思恋请相见。

等在三轮恐不吉〔一〕，无论相思何等煎，不告门前衫。

已至月末，他却像躲在水晶花丛中的布谷鸟一样，既不现身，也无音讯，这个月寂然而逝。二十八日，他也要去参拜神社，让我准备贡品时，顺便写信告知『身体状况不佳』。时至五月。家里的女儿吵着要长根的菖蒲什么的，我闲来无事，便让人拿来，引线做成了香荷包。『将这个送到那边给年龄相仿的小姐〔二〕吧。』我写下这首和歌系到香包上，让大夫前去时捎过去。

菖蒲根长藏深泽，小女初长隐闺阁，未被世人知。

对方回复：

〔一〕可能指蛇神化作男子，晚上去三轮山某女子处相会的传说。

〔二〕指兼家与时姬所生女儿诠子。

菖蒲之根今日露，得知君有佳人育，等待未被负。

大夫将另一个香包送给了那位大和女子：

为拔菖蒲湿吾袖，纳此于芳袖，欲干湿衣需贴袖。〔一〕

那边回复：

不识菖蒲所湿袖，故不纳此于己袖，何谈互贴袖。

〔一〕表面是因为菖蒲湿了衣袖，实际是因为相思而泪湿衣袖，所以最后希望能将自己的衣袖与女方的衣袖叠合（暗指相拥）来弄干衣袖。

十　廖然度日暗自伤　以为死期近更伤

六日早晨开始下雨，之后雨一直持续了三四天。我听闻贺茂川涨了水，有人被冲走了。我陷入各种沉思中，心情难以形容。我已经习惯了苦恼于和他的关系便什么也不再想。但是我收到了在石山寺参拜时遇到的法师的信，信中说：

为夫人祈福。

我回复：

我本人已经放弃了，今后怎样都行，神佛都无法相助了吧。只是请您替我祈祷儿子将来能出人头地。

不知为何，写罢我竟流泪至眼前发黑。

十日，他终于托大夫捎来了信，写着：

最近我身体一直不适，久未联系你，十分挂念，近来好吗？

第二天，我让大夫将回信捎了过去。

昨日便想着立即写回信，但是孩子没机会前去您府上，加上昨日的心情也不适合写回信，便至今才回。您问我『近来好吗』，都挺好的，您久未露面，也是理所当然。几个月不来，我反而心情更加轻松。我的心境也许是『只要风不寒』〔一〕，但是这样恐怕不吉利吧。

天黑后大夫回来了，说：『父亲去贺茂泉了，您的回信没能递上我就回来了。』我违心地小声说：『没关系。听说你父亲好像生病了。』

最近天上雨云变幻莫测，不知为何，我想起了在田里劳作的农妇们的裙脚。近来我也没有听

〔一〕曾弥好忠集：只要风不寒，不怨心上人，为何迟迟不相见。

到杜鹃鸣，是不是因为我意外地睡眠很好？按道理来说思虑深的人是不容易入眠的。周围的人都在说着『前几天我晚上听到过』『今天黎明前我听到杜鹃叫过』等，像我这样烦恼多的人却没有听到过，有点丢人。我什么也没有说，只在心中想到了这首和歌，小声吟了出来：

谈何睡眠宁，夜夜无眠伴叹息，声化莺啼增愁情。

在这样寥然度日中迎来了六月。东向的房间因为晨照，房里炎热，我便想到南厢。出门后我听到附近好像有人，便悄悄躲到一个隐蔽处侧耳倾听。原来是有位老人耳背，在蝉正叫得欢的时节，却没有听到蝉鸣。老人正要打扫院子，拿起扫帚立在树下时，蝉声突然响起，他吃了一惊，抬头说道：『叫得好！叫得好！我的蝉来了！虫儿们真知道时节啊。』迎合着老人的自言自语，蝉们也『知了知了』地唱着，情景特别有趣，也有些感伤。想必我当时的心情是悲伤的。

大夫将和歌系在带有红叶的卫矛树枝上，送给了大和的那位女子。

夏山树茂朝露深，葱翠丛中红叶缀，叹息愈甚泪染色。〔一〕

那边回复：

露染山色漫，此叶该经几重染，情话又经几层编。〔二〕

一天我直到深夜未眠，竟然罕见地收到他颇为用心的信。这次间隔时间很久，约有二十几天。我已经习惯了这种心灰的状态，因此事到如今他无论说什么也无意义，我也毫不在乎。可这时他却送来这样的信，可能他的内心也不坚定，我心有触动，于是比之前更加着急地回了信。

〔一〕叹息『なげき』的『き』，与表示树木的『木』（き）语音双关。

〔二〕表示话语的『言葉』（ことば）的『葉』，与树叶的『葉』（は）语音双关。叶子变成红色该被霜染过多少遍，你说些这样的话又经过了多少层修饰呢？

那段时间，地方官父亲的府邸没了，一众亲戚暂居我处，整日喧嚣不宁，他毫无音信，我有些在意他们会怎么看。

过了七月十日，父亲那边的亲戚搬走了，家里一下子清静了，我竟觉百无聊赖。听到侍女们抱怨哀叹盂兰盆贡品该如何操持，我不免心痛，心情难以平静。十四日，他像往年一样让人送来贡品，附着他家政务所的发货单。虽然我嘴上没说，但心里想着，连这样的事情也不知还能持续多久。

就这般到了八月。一日一整天都阴雨连绵。不过是阵雨，未时左右天晴了，我听到寒蝉起劲儿地鸣叫着，随口咏了句『唯吾欲言却无言』〔一〕。我意外感觉内心不安，又是泪水盈盈的一天。上个月曾经有过预兆，说我会死于下个月，这么说来，这个月我或许会死去。周围的人议论着相扑还飨宴的事，我却置身之外地听着。

十一日，他送来信，跟以前一样写了些让人无法相信的话。

〔一〕伊势物语中的和歌：草丛中隐虫，虫鸣声声欢，唯吾欲言却无言。

我做了个不可思议的梦，总之我想去趟你那里。

他见我不说话便问道：『为何什么都不肯说呢？』『我没什么可说的。』他连珠炮般说道：『你可以说为什么不来看我？为什么不给我写信？太过分了！然后来打我、抓我啊！』『我想说的，您都已经替我说完了，因此更没什么可讲的了。』然后我不再争辩。第二天早上，他说：『过段时间，我忙完还飨宴后再来看你。』说罢他便回去了。我听闻十七日还飨宴就结束了。

就这样到了月末。他曾经说忙完就来看我的。还飨宴已经结束，又过了数日，我现在已经不去想了。被要求谨言慎行的八月一天天过去，考虑到死期将近，我愈发悲伤。

十一　道纲心系大和女　频送和歌表心意

大夫又给那位大和的女子送了信，之前的回信看上去都不是姑娘亲笔，他因此有怨恨。

居室映夕阳，墙角蜘蛛正织网，苦盼佳人亲笔书。

不知对方是怎么想的，回信好似是用角笔〔一〕什么的笔尖在白纸上写的。

蜘蛛之丝奇，随风飘乱仍去织，忧落他处仍回音。〔二〕

大夫再次回复：

蜘蛛寄命于薄网，强风谁来防，芳笔贵重吾定藏。

对方说『天黑了』，无回信。次日，大夫可能想起了昨天回信用的白纸，又送去了这首和歌：

〔一〕皇太子、亲王等初学时所用的指字棒，也曾用于汉字训点的标注。用木料、竹子或者象牙等制成的筷状物。
〔二〕明写蜘蛛明知自己的网会被风吹乱还去吐丝织网，暗喻我明知自己写的信可能会落入他人之手，却仍然给你写了回信。

但马鹄鸟现，迹入雪中白沙滩，今日终睹白芳函。〔一〕

对方只是回复说『外出中』，没有下文。第二天，大夫又让人口头催促：『回来了吗？望回信。』对方让人转达：『昨日和歌颇有古韵，无以回复。』第三天，大夫又写道：

您说昨日和歌有古韵，诚如所言。

附和歌：

诚如汝所言，歌古如若布留社，〔二〕皆因相思叹经年。

〔一〕日本书纪中记载，垂仁天皇的一个皇子不说话，直至一天看到鹄鸟（天鹅）从空中飞过，才第一次说话问：『这是什么？』其后他在但马捕到了这只鸟。这里但马的鹄鸟比喻对方终于第一次回信，但是用的白纸如同鸟的足迹不便找寻，较为无情。

〔二〕布留神社的『布留』（ふる）与时间流逝的『経る』（ふる）谐音双关，暗指『我』的和歌之所以有古韵，是因为思念你而在叹息中度过的时间太久。

对方说『今明两日有避忌』，没有回信。觉得避忌该已结束的早晨，大夫又送去和歌：

相遇恍如梦，无奈苦相等，何时打开天之门。〔一〕

这次对方又用别的话搪塞了过去，因此大夫再次送去和歌：

君居葛城山，想必熟知一言仙〔二〕，故留一言不再返。

是哪位这样教的您呢？

年轻人就这样和歌赠答着。

〔一〕天之门，依据古事记中天照大神曾经将自己关在岩石的天之门内不肯露面的神话，这里打开天之门的『開ける』（あける）与物忌结束的『明ける』（あける）双关。

〔二〕古事记·下卷记载，葛城山上住有『一言主神』，指大和女仅仅给自己回过一首和歌。

十二 平安度过凶八月 太政大臣意外薨

我想与其在春夜及秋日的无聊之际常陷入沉思，不如死后给身边人留点念想，于是开始作画。这期间我一直想着，我就要死去了吧、今天我会死去吧，但是自己身体硬朗并没有要离世的迹象，原本预兆会过世的八月，也已经过完。如我所料，我这样的人是不会轻易死去的，越是幸运的人才越短命。果然我平安迎来九月。二十七日、二十八日，犯土地神〔一〕，我搬至别处。正巧那天晚上，家人来报告说他送来了信，真是难得，但是我没什么感觉，心情不佳，也没有回信。

今年十月，比往年雨水更多。十几日，家人相邀去常去的山寺参拜，顺便赏赏红叶，于是我也跟着一起去了。今天正好阵雨时下时停，山上整日都极富风情。十一月一日，周围议论说『一条的太政大臣薨了』。守夜的夜晚，大家感叹着『太可怜了』，还说了送葬的事情，外面初雪已积有七八寸。太可怜了，他的孩子们该以何种心情走在葬礼的队伍中啊，我无事可做，只有乱想。像以前那样，他之后的权势会越来越大。十二月二十几日，他来过。

〔一〕冒犯土地神方位做工事时，家人要避忌搬至别处。

十三　兼家愈奕奕神采　我却叹年老色衰

又是一年，我与往年一样忙些例事，除夕夜在热热闹闹中度过了。现已是正月三四日，我却无岁月更新之感。早莺已报春，听着伤感。五日白天，他来了。十几日他也来过。二十日前后，大家都熟睡时他也来过。这个月他来得有点不寻常。最近他升为司召，好像更加忙碌了。二月，红梅比往年开得都盛，我无限感慨地望着，别人却没有用心欣赏。大夫折下一枝，又送给了那位大和女，附言：

思恋无果更年岁，沉思中流泪，泪染衣袂似红梅。

那边回复：

为何经年空流泪，纵使衣袂色似梅，吾心亦

不动。

大夫一边看着期待的回信一边说还是那样无心的和歌。

这个月三日，中午午时左右他来了。我已渐老，羞于相见，觉得难为情，却也没有办法。过了一会儿，他说『今天这里方向不吉』，便回去了。他身穿漂亮的外白里暗红搭配的绫罗下袭，浮纹纹案饱满清晰，下穿富有光泽的隐纹表袴。我如此感慨并非因为这些都是我染的。听到他的侍从们高声开道远去的声音，我备觉痛苦。我想着自己太放松警惕了，装扮衣着陈旧褶皱，再照镜子，容颜可憎。我反复想着，这次他一定完全厌弃我了吧。我一直想着这些事情，这一日整日雨意绵绵，我此时的心境真是『哀叹愈增催芽发』[一]。五日半夜，周围嘈杂，我一打听才知道，原来是那个令人憎恨的女人住处[二]，以前她住处曾被烧过，这次全被烧了。十日前后，又是中午时分他过来，说『我得去春日神社参拜，这段时间比较挂记你』。他说着平时未说过的话，我感觉有些奇怪。

[一]引自后撰和歌集·春中中的和歌：春雨已落下，未消吾愁绪，哀叹愈增催芽发。
[二]近江处。

十四 观看八幡临时祭 道纲大和女赠答 我与兼家间交流

三月十五日，冷泉院要举办小弓竞射，大家开始忙着准备，比较热闹。先手组与后手组要区分装束，因此我要为大夫做各种准备。到了比赛当天，他兴高采烈地告诉我：『公卿高官很多人列席，今年场面非常盛大。』这孩子瞧不上小弓，并没有认真练习，因此我比较担心。他最先出场，竟然连中甲箭、乙箭两箭，开了个好头后，他们组又连中多箭，得分很多，最后赢了！过了两三天，他再次来信说：

大夫的双箭技艺的确高超。

当然我也特别高兴。

朝廷如往年一样，要举办石清水八幡宫的临时祭。反正我也无事可做，便悄悄出行，停车观看。只见一队人衣着华丽，高声开道而来，我心想会是谁呢?仔细一看，发现负责前方开道的队列中有常见的面孔。我意识到原来是他的侍从，看到他们的阵势，我愈发感觉自己寒酸。

他的马车卷着帘子，下帘左右分开别好，所以里面清楚可见。看到我的车后，他竟立即以扇遮面驶过去。

后来他送来信，我回信时在信末写道：

侍女们说：『大人昨天好像很害羞，经过我们身边时还将脸侧过去了。』为什么呢？明明不这样做也可以的，跟个年轻人要见恋人似的。

他回信说：

可能是老年人的心虚吧。认为我是因害羞才侧脸的人，真可恨。

接下来的十多天，他又是毫无音信，这次感觉比以往不联系的时间都长，我不免再次想我们的关系将会如何呢。

大夫还在与那位大和女子通信，但是关系无多大进展，对方也总说些幼稚的话语，这次大夫写道：

菖蒲根深藏水里，欲撷以探实，芳意如何敢告知。

对方还是无心地回复：

君撷菖蒲根，吾乃卑微菱白草〔一〕，非君意中人。

过了二十日，他才来访。二十三日、二十四日，附近又发生了火灾。惊乱之时，他急速赶来。因为有风，过了很长时间大火才逐渐被熄灭。晨鸡开始报晓，他说『已经没事了』，要回去。侍女们来向我们汇报：『听有位侍从说「有位贵客知晓大人在此特来看望，让转告大人他已来过，然后回去了」，听到这些话我们觉得特别有面子呢。』可能这个家平时总是笼罩在冷寂的气氛中，他们才有这样的感觉吧。月末的时候，他再次来访，一进来就说：『附近失火的那

〔一〕此处自喻为菱白，指自己并非对方所言的菖蒲。

个晚上，这里还很热闹嘛……』我回答说：『我的思念之火，如同「守卫的篝火」〔一〕，一直燃着呢。』

五月的第一天，大夫又给那个大和女子送去和歌：

又是五月杜鹃啼，诚盼闻真意，即便限今日。

对方回复：

卯花开时杜鹃啼，我若吐真意，恐被君遗弃。

五日，大夫又送去和歌：

又逢插菖蒲，今日深感触，独忍一年相思苦。

〔一〕引自古今和歌六帖·第一帖中的和歌：守卫城下燃篝火，昼熄夜不歇，思念不曾竭。

那边回歌：

心烦未觉年已更，君情移他处，今日吾独插菖蒲。

大夫不解地说：『她在怨恨什么呢？』〔二〕

这个月，他不来带来的烦恼依然在，并无改变。二十日左右，他送来一食袋并捎信说：

想送给一个要远行的人，希望能在里面再缝个口袋。

我正做着，他又传话说：『你做好了吧？要把食袋里装满和歌哟。』我现在心绪不佳，咏不出

〔二〕据史料记载，道纲与源宏之女所生子于天延二年（974年）出生，因此至少这一年（天延元年）两人已有交往，大和女在返歌中指责道纲的移情别恋，可能是对此事有所耳闻。但是在道纲看来，与大和女并未见面正式交往，两人感情未到怨恨对方的程度，因此觉得不解。本书中作者只记录了道纲与大和女的和歌赠答，未提及道纲与其他女人的交往。

和歌来。』我觉得很有意思，便回话：『您想要的和歌我会全力而作，都为您准备好了，可能会多地溢出来，能否再给一个袋子呢？』两天后，他让人冒雨送来信件，说：

因为心情极差，没能特地花时间去准备你说的袋子。没办法，拜托你将食袋装满和歌，只能这样送给对方了。对了，还有几首对方的返歌。

他抄写了很多和歌送来，并附言：

希望你评判下水平高低，然后返给我。

我觉得此事极有雅趣，便满怀期待地读。虽然和歌的优劣可见，但是自己去评头论足也不合适，于是这样回复到：

风向偏东显势强，只因心倾君，故觉返歌弱？〔一〕

十五　搬至广幡中川处　道纲仍念大和女

六七月间，他还是以这种频率来访。七月末的二十八日，他来了，说道：『因为相扑会，我正在宫中忙，但我想来你这里，所以匆匆退下了。』之后一直到八月二十日，他都没再来过。听说他频繁地前往那个女人处〔二〕。我想着他的心真是变了，终日茫然无精打采。或许是因为住的人少，所住的房子也日益荒凉。我一直依赖的父亲劝我把这套房子出让，然后搬到他那里去住，我决定听取他的建议，今明日搬到广幡中川一带。以前我向他透露过搬家的事，但是今天就搬这件事还是告之为好，于是捎话给他『有事想告知』。但他回复说：『因有避忌，不能前往。』他满不在乎，那我还顾忌什么呢，我默默搬了家。

新居依山傍水，宅院的一侧紧靠中川河原，河水按照设计被引入院中做成人工河，极富情

〔一〕要远行的人该是去往西方，故兼家处刮的风为『东风』。用『こち』明指『东风』，双关『这方』（こち），即兼家方。

〔二〕近江。

趣。过了两三天，他还是没注意到。过了五六天，他只说了句：『为何不告诉我搬家的事呢？』

我用似乎关系已断的语气回信到：

我原本想要告诉您搬家的事，但是您正巧不便，说不能来见我。我曾想着在您熟悉的房子里再和您说一次话的。

他回复说：『原来是这样啊！听说那里极为不便。』自此毫无联络。

九月的一天，我清晨早早起身，将格子窗支起，向外望去，只见院内的人工河、院外的中川河都笼罩着一层水雾，远山模糊，仅见山顶。面对此景，我心生悲感，随口咏和歌：

本期与君至永远，中川干涸河床现，夫妻情已断。

宅院的东门前有一片稻田，稻子被收割好捆成捆挂了起来，偶尔有人来访时，我会让他们将不熟的青稻割下来当作马饲料。让侍女们做炒米〔一〕时，我也会亲自参与。儿子也跟在我身边，饲养着他的小鹰，那些鹰有好几只正飞出去玩。大夫为了获得那位大和女子的芳心，再次送去了信：

相思难忍魂夜赴，可怜无人结衣摆，魂散命绝世。〔二〕

对方未回复。又过了几天，大夫再送和歌：

露深湿袖凉，独自流泪捱天亮，谁伴佳人秋夜长。

虽然女方回了信，但是算了，不再记述。

〔一〕将新米炒熟，然后捣去壳。
〔二〕当时有种看法认为，遇见他人魂时，要将和服两边的下摆系起三天，并唱三遍咒文，帮助魂回原主。和歌中『夜』(よ)与『世』(よ)双关。

十六　蒹家梦中亦不见　贺他人生子心迷茫

已是二十几日，这个月即将逝去，可他一直杳无音信。更过分的是，他让人送来冬季的衣服，说是『帮忙缝制一下』。但是负责送来的信使说：『还有一封信的，但是不知什么时候给弄丢了』。真是让人无语。我心想不回信了，反正也不知道发生了什么。我把送来的衣物缝制好，没有附回信便让人送了过去。

之后，在梦中他也不再出现，就这样到了月末。

月末时，他又让人送来一条下裳，说『希望帮忙缝制好』，但是连封信都没有附。我不明白怎么回事，比较犹豫，于是跟侍女们商量。『这次就帮忙做了吧，看看大人什么反应。如果拒绝的话，可能会被认为夫人在厌恨大人。』听侍女们这么说，我便答应了下来，利索地帮忙缝制好。十月一日，让大夫拿着送了过去，大夫回来说：『父亲说「缝制得真漂亮」。』然后没了下文，实在是冷酷无情。

十一月，父亲那边有人生子〔一〕，我也一直没能去看望。现在应该快举办五十日庆生宴了，我想着至少利用这个机会表示下，也做不了什么特别的事情，只写了好多祝贺之词，都是惯例。我在白色竹篮里，放了一支白梅枝，还附了首和歌：

冬雪所困难出门，今日墙根终得梅，诚贺喜得子。

请带刀〔二〕长官某某为使，入夜后给送了过去。使者第二天早上回来，带回一件淡紫色女褂作为回礼，另附和歌：

雪间梅初绽，为母初得女，承蒙问候愈娇灿。

转眼正月的修行期也结束了。

〔一〕道纲母的继母生了个女儿。
〔二〕东宫御所的警卫，可携带武器护卫主人的侍者。

还是年前冬天的事情。〔一〕有人邀请我一起去个人少的地方，我高兴地答应了，便一起出了门。到后发现有很多人前来参拜，虽然不可能有人认识我，但是我还是觉得别扭害羞。祓殿那边，房檐垂着无比晶莹漂亮的冰锥，于是我饶有兴趣地观赏着。回去时我看到有个大人身穿童子装，整齐地绾着头发，正闷头前行。仔细一看，那人用单衣的袖子包着刚才冰锥上的冰，正边走边吃。我想她应该是有苦衷吧，这时同行的人向她搭话，她嘴里塞着冰回答：『您是在跟我说话吗？』一听就知道那人是个不值一提的卑微之人。她将头俯在地面上恭敬地说：『不吃这个的人是很难实现愿望的哦。』我自言自语道：『真是不吉利。你本人不正是湿着衣袖的困苦样子吗？〔二〕』我在心中又想着：

吾袖粘泪冷成冰，不知春来未融解，行人皆从容。

〔一〕接下来补叙上文九月、十月兼家拜托缝制衣物到一月十五日前的叙事。

〔二〕本来是冰湿衣袖，引申到因为困苦而泪湿衣袖。作者从这个人的衣着推断她不是个幸福之人，进而想到自己，于是吟出下文和歌。

回到家后大约过了三天，我又去贺茂神社参拜了。那天风雪交加，周围一片昏暗，路途艰辛，导致我伤风卧床。身体难受中，迎来了十一月。十二月也很快逝去。

一月十五日祭火节〔一〕，我听到大夫的杂役们大声说：『地震了。』然后他们又醉醺醺地说：『小点声。』我觉得奇怪，于是我悄悄地靠近外廊向外望去，只见月光皎洁。再远眺东方，群山被霞光映照，朦胧可见，清幽寂寥。我靠在柱子上陷入遐思，也没有『忘忧山』可遁，在哪都满是愁思。八月以来他未曾来过，就这样感情虚渺地到了正月，想起这些，我泪水滂沱，不禁感慨道：

曾经我泣黄莺啼，如今黄莺不知正月至，剩我独自泣。

〔一〕焚烧新年装饰物的驱邪仪式。

十七 道纲就任右马助 携女赴深山参诣

二十五日，朝廷要进行『除目』仪式〔一〕，儿子为此忙碌，还在佛前修行祈愿。我说：『为何要这样用心呢。』很快朝廷举办了任命仪式，他罕见地送来书信告知说：『儿子任右马助〔二〕了』。儿子忙着到处答礼，去到他的长官处拜访，论辈分，这位右马头〔三〕是他的叔父。那位非常高兴，谈话之余顺便问道：『府上的那位小姐是位怎样的佳人？芳龄几何？』儿子回来向我这样转述时，我觉得女儿还年幼，尚不到思慕他人的年龄，便没有深想。

那段时间，冷泉院要举办射箭赛会，众人忙碌。右马头与右马助被分为一组，去练习场的日子，只要见面，右马头就会问同样的话。儿子回来问我：『究竟是怎么回事呢？』二月二十日前后，梦见……〔四〕我想去某个地方参拜，便去了有点偏远但算不上深山的地方。正是烧荒的时节，樱花本该盛开了，不知为何，花期延迟，因此本该鲜花美丽绽放的道路甚是冷清。正如

〔一〕任命大臣以外官职的仪式，每年春秋两次。
〔二〕右马寮的副官，官职相当于正六位下。后文多用官职『助』来指代道纲。
〔三〕藤原远度，时任右马寮长官，属于藤原道纲的直接上司，是藤原兼家的同父异母弟。
〔四〕底本中，下文空缺。

和歌所咏，『深山未闻鸟飞啼，更无黄莺鸣』。〔一〕只有河水潺潺而流，水势湍急。我深觉疲惫不堪，想着世上可有人没尝过这种苦，我命孤苦却又无可奈何。正好在晚钟敲响的时刻我们抵达寺院。我献上灯明，手捻念珠频繁起拜，拜完一圈，却愈发难受不支。报晓时，开始下起雨，真是让人为难。我们去僧坊商量：『怎么办才好呢？』天完全亮后，侍从们『蓑衣！斗笠！』地不断忙活着。我并不着急回去，心境平和地随意远眺四周，前面山谷中不断有云雾静静升起，我感到非常哀伤，心中想着：

未想此生入深山，空中云雨挥袖翻，世事不可料。

雨下得非常大，但我们也不可能一直待在这里，因此下人们想了各种遮雨办法，最后出发。看到可爱的女儿靠在自己身旁，我不觉忘记了悲伤，只觉得怜爱。

〔一〕化用古今和歌集的两首和歌：春日悄然至，鲜花已芬芳，为何未闻黄莺啼。』『深山未闻飞鸟鸣，未知山之深，未能知我心。

十八　右马头有意养女　为此与兼家通信

我们终于回到家中。翌日，儿子从射弓练习场到家已是拂晓，他来到我的寝居说：『父亲大人说「你们寮的长官从去年就热心一件事，总问府上的小姐现在如何了，是否已长成妙龄」？另外那位右马头也问我「令尊有没有说过什么」？我回答「什么也没说过」。对方又说「明后天是个吉日，我给府上写信吧」。』真是莫名其妙，想到女儿年幼，尚无思慕他人之心，我便又睡下了。

到了那天，右马头真来信了，回信也确不是我随便能写的。其中写道：

数月前我已萌爱恋之心，曾委他人向大人表达过，但其转告我说『大人已悉，你还需亲自向夫人请示』。我恐您觉此事荒唐，笑我自不量力，痴心妄想，故一直未敢轻举妄动。正愁缺少良机，恰逢任命公示，得知令郎与我任职同一官署，因此前往府上拜访，亦无人生疑。

他写得要领清晰，信的边缘还写道：

想设法到武藏〔一〕的房间去向您问安。

此事该写回信，可是得先问问这到底是怎么回事再做决定。我写信联系后，信使又把信原样带了回来，说：『大人说「因为有避忌，今日不适合」，未能看信。』就这样到了二十五六日。右马头或许着急，派人叫走助，说『有要事相告』。助回复说『马上去』，让使者先走了。这时下起雨，右马助觉得让人家等着不好便出了门，但是又遇到右马头的使者，拿了封信便回来了。打开一看，信写在一层红色薄纸上，还附有一支红梅枝。信上写道：

您知道石上〔二〕这首和歌吧。

春雨润红梅，相思难忍泪成血，染袖艳压梅。

〔一〕武藏是道纲母的侍女，该是右马头藤原远度的亲戚或者故知。
〔二〕古今和歌六帖中的一首和歌，表达冒雨也前往看望心上人之意。

吾君、吾君〔一〕，你还是来一趟吧。

不知为何，其中的一个『吾君』，用墨从上面划掉了。助说：『怎么办呢？』我说：『哎呀，是麻烦。你是路上见到他的使者才没去的。』然后我送他出门。他回来后说：『右马头问「为何跟大人商量期间，就不能给我回信呢」？好像在埋怨。』又过了两三天，儿子说：『父亲终于看过您的信了。他说道「什么呀。我原来跟他说过，考虑一下再决定，所以可以早点恰当地给他回信。但是女儿还不到适婚年龄，不适合说些希望来访之类的话。你那边有女儿的事，恐怕还不被外人所知吧。一旦传出去些不好的闲话就麻烦了」。』我听了这话就生气，原本谁都不知晓的女儿，竟成为右马头打探的人、成为别人的谈资，这本就是因为他吧。

给右马头的信，当天便写好送过去了。

〔一〕日语原文为『わがきみ』，是亲密的称呼。

新官任命之际，意外收到大人来信。本该及早回信，但是您曾向大人表达过之事，这方并不知晓，故需与我家大人沟通。期间耗时较久，仿佛遣使入唐。但是尚不理解信中所言，恕无法作答。

在信的一端，我添写道：

您所言的『武藏房间』，说是『闲人莫进』。

之后他又送来几封同样的信件，我并没有每次都回信，所以右马头也有所顾忌了。时至三月。右马头又委托他〔一〕那边的侍女转达请求之事，还派人送来那侍女的回信给我们看。右马头在信上写道：

〔一〕藤原兼家。

您好像并不相信，故送来大人所言。

只见侍女的那封信上写有：

大人刚才看过历书，说『这个月已无吉日，改月再议』。

至于着急到看历书的程度？这根本不可能吧？或许是写信的侍女编造的吧？我不免生疑。

十九　右马头初次来府　身姿清秀诉心语

四月七八日的中午时分，有人汇报说：『右马头大人到。』『嘘！别出声。回复说我不在。

他可能想谈求婚的事，为时尚早，不合适。』这时他已经进来了，从屋内可以清楚地看到他的身姿，只见他站在粗格的篱笆墙根。这位客人一贯衣着清秀优美〔一〕，只见他身穿极为考究的衣褂，外加十分华丽的直衣，腰佩大刀，习惯性手持一把红扇，正把玩着扇骨，恰巧一股大风吹动其冠缨。他立在那里，美如画中人。我说了句『来了位清秀优雅的人』，里面的侍女们便赶忙披上衣服，随意打扮了一下，凑过来向外偷看。不巧，正好一阵大风，吹动了帘子，吹得帘布忽内忽外，不停晃动。依赖着有帘子而漫不经心的侍女们慌成一团，你推我拉的，但是已经晚了，想必那不体面的袖口都被人家看见了，真是十分难为情。助昨夜去射弓练习场，拂晓才回来，所以还在睡觉，我派人去把他叫起来的期间，发生了这样的事情。他终于起床出来，告诉客人说要见的人不在家。因为风大，我不放心，早早便把格子窗都拉下来了，所以不管如何搪塞，对方应该都不会起疑。左马头大人却自行来到檐廊搁板台，甚至说：『今日是吉日。请给我个圆垫，来个初次坐。』过了会儿，他叹气而归：『来了毫无所获啊。』

过了两天，我只是让儿子转达了口头问候：『听闻大人曾临寒舍，恰因有事外出，诚表歉意。』此后他又多次送信来说：『十分挂念而归，还请答应。』幼女尚不到适婚年龄，所以我

〔一〕此次为作者与右马头初次见面，却用了『一贯』，概是基于后来的多次见面得出的结论，使文章更富情节性，也证明此部分非即时所写。下文的『习惯性』同样如此。

回复『吾已老去，声音难听，实不必听』，意思即是拒绝请求。但是右马头却告诉助『有话相告』，傍晚便来了。没办法，我只能将格子窗拉开两格，在外廊上点上灯，我让他进了一间厢房。我让助先照面，劝说『请进』，让客人来到外廊边。之后助打开门，好像说了『这边请』，然后便听到他们进来了，于是我又后退了几步。我听到客人小声说：『先代我问候令堂。』然后助进来转告了对方的话。我回复说：『可在您中意的地方谈。』对方一笑，随后伴着衣服窸窣的声音，进入了厢房。

右马头大人跟助低声交谈着，这边只能听到扇子偶尔敲到笏〔一〕上的声音。我在帘子内什么也没有说，时间有点久，所以我让助转达：『上次您来访，无果而归，我深感内疚。』助劝他可以再向里些，于是他膝行靠得更近些，但是没有马上说话。我更不可能从里面主动说些什么。或许他感到不安，趁着我轻咳一声，随即说道：『前日来访，恰巧夫人未在家。』他由此打开话匣，讲了很多喜欢上小女后的事。我只是从里面回复：『小女尚不及婚嫁之年，承蒙厚爱，却如梦中听闻，小女岂止年幼，甚至不及世人所言「幼鼠」〔二〕，恕难应允。』他说得一本正经，

〔一〕穿束带（官服）时，右手所执的狭长板子。
〔二〕刚出生的幼鼠，可能当时用来形容孩子的幼小。

我也很难拒绝得过于无情。傍晚时分，雨正哗啦啦地下着，蛙声一片。夜色渐深，因此我从里面说道：『周围实在令人不快，连待在这里的人都觉不安。』右马头接话：『哪里哪里。在下就此告辞，就不会在意周围的不快了。』说话间，夜已完全黑了。他说：『贺茂祭临近，助君该做相关准备工作了，届时，至少让在下做个助手。夫人所言，我会转达给大人，听取大人意愿后，明后日欲再次来访，并传达大人之意。』听上去他要回去了，于是我从帷帐的间隙向外看了看，发现原来檐廊上的灯火已经熄灭了。屋内的暗处有灯火，较为明亮，因此我没有注意到外面的灯火已灭。我想到他在外面可能已看到了屋内的人影，实在意外，颇为不悦：『耍心机，外面灯已熄也不说声。』等在外面的侍从却回答道：『没事，并无大碍。』[一] 右马头回去了。

二十　右马头频繁催婚　兼家初允八月谈

右马头大人来过一次后，便频繁来访，重复着同样的话。我只好对他说：『即便我家大人有

[一] 右马头的下人可能未听清楚，误解了作者的抱怨之意，以为作者在为外面的灯已灭而表达歉意，于是说没关系。

所允诺，即使您不情愿，这边也不会答应您的。』右马头大人说：『大人那边明明已经允诺了。』并焦急地催促，『大人说过这个四月，过了二十日，好像还有吉日。』虽然那方催得急，但是因为助作为右马寮的官员要参与贺茂祭的工作，我只关心这件事了，所以右马头也只能等待贺茂祭的结束。遗憾的是，在贺茂祭前举办斋院御祓之时，助看到了一条死去的狗，沾了秽气，因此无法出席贺茂祭了。

不管怎么说，我都认为女儿尚小，并未认真考虑过求婚之事。右马头大人频繁跟助说：『大人已经发过话，请再催催令堂吧。』于是，我只能写信问问孩子父亲了：

为何要那样说呢？实在令人厌烦，请写封回信，我想给右马头大人看看。

他回信说：

我确实那样想过，当时正忙着准备助做贺茂祭使的事情，就把这事给拖延下来了，我想着如果右马头心思不变，八月份可谈此事。

看到回信，我也放心了，便写信告知右马头：

大人是如此想的。所以曾劝您不要太着急，之前所言日期并不是确定的。

对方也没回复，过了几天他亲自来了，说道：『此次前来，是想让夫人知道在下实在生气。』我让助传话说：『大人发生了何事呢？好像气势汹汹呀。这边请。』对方说：『不必了，如此这般不分昼夜前来造访的话，婚期恐怕要拖延得更加遥远了。』他并未进屋，只是跟助短暂交流了片刻，就在那站着要了砚与纸。助送给他后，他写了几句，将两端折起，让人交给我后便回去了。我打开一看，只见写有：

四月约定空，杜鹃飞离卯花荫，命苦何时见佳人。
究竟为何成这般，在下极度郁闷低落，傍晚再来造访。

书写也极其漂亮。我立即写了回信：

因缘四月虽已逝，杜鹃飞离卯花荫，仍有橘枝依。

二十一　右马头愈发着急　反复造访诉心意

右马头大人在他以前选定的良日二十二日前来，这次的举止跟以往大不相同，特别稳重，但是依然催促，让人为难。『大人的允诺让人看不到头。八月实在遥远，想着您能否安排我与小姐先见上一面？』我回复：『您是如何考虑的，才出此言？您说遥远，就是那遥远的将来，小女才能初长成。』『再怎么幼小，说个话总无妨吧。』『并非如此，小女正好是不愿见生人的年龄。』〔一〕我感觉不管怎么说，对方似乎都不理解，一直是非常失望的样子。『如果不能与小姐见面，我心中好似有火在燃。至少让我在帘子内问候下，然后我就回去。见一下小姐，或者到帘内说话，您满足我其中一个心愿吧。请夫人安排下吧。』他将手搭在帘子上，让我有些不快，

〔一〕初长成指女孩的初潮，据说快来初潮时，女孩会有不愿见生人等的异常状态。

但我还是假装没听见，冷淡地说道：『夜已深了呀，如果是平时，您可能会急切地想见小女一面，可现在夜色已晚。』『没想到您会如此冷淡，但是意外地能这样交谈，我也备感高兴。时间过得很快，今年的日历本也快翻完了，在下言行失礼，抱歉惹您不悦了。』我看他非常痛苦，不忍再过于冷淡。我说：『您的请求实难应允，请以平时在朝廷供职的心态来对待吧。』右马头伤心地回答：『交往只能这样流于形式，在下实在痛苦不已。』我也是无可奈何了，不知该如何作答，只能沉默。对方说：『实在抱歉，惹您不悦。如果夫人再无言相告，在下已无话可说。非常抱歉。』说完他坐在那里弹了下手指〔一〕，沉默不语，不一会儿便离开了。离开时，我吩咐侍从为其准备好松明，听侍从报『那位大人什么也没要已经回去了』。我觉得他可怜，第二天早上派人送去了信：

特别抱歉，未能让您持松明，您便回去了，已平安抵达了吧。顺致问候。

杜鹃回山谷，未言再来否，漫漫黑暗伴归途。

实在可怜。

〔一〕带有不满、轻蔑、责备等情绪的动作。

信使把信放下就回来了，对方来信：

杜鹃随时飞来啼，昨日失礼事，悔意胜路暗。

收到您的信，在下更加惶恐不安。

虽然他嘴上说着不甘心与后悔，但第二天还是来到我家门口，说道：『助君，今日我要去各处拜访，无法在此从容停留，我们一起去官府吧。』跟上次一样，他又请求要砚台，我附着纸一起送给了他。他写完后派人递过来，只见其笔迹有些颤。

究竟前世造了何种罪，如今要受如此困扰。情况越来越奇妙，我深感结婚之事愈发渺茫。今后我绝不再多言。正欲攀高峰。

他写了很多。我回信：

有些可怕。为何要说那样的话呢？希望您恨的不是我。我不理解您要攀高峰的心情，但是『知山谷』〔一〕，我们的心情想必您已了解。

我把这封信交给右马头后，他与助一起乘车离开了。后来助带着右马头赠送给他的马回来了。

这天傍晚，右马头又来了。他说：『在下想起自己前日夜里的失礼之言，现在依然惶恐不安至极。今夜前来，只想告诉夫人，在下心情有变，现在愿意一直等到大人发话。您信中劝我不要投身山谷想不开，但即使有千年寿命，也已感觉无法承受此种痛苦。屈指可数的短时间的话，总能想法度过，但是仔细一想，到约定的时间尚早，接下来的时日只能孤寂无聊地打发。这段时日，能否让在下在缘廊周围待着，哪怕是做贵府的宿值也好。』他说的跟我的想法完全相反，我只能迎合他回复，当夜他早早回去了。

〔一〕『我』不知您为何要攀上高峰（纵身山谷），但是可以熟悉山谷的路标，暗指我们的心情您已了解。活用了后撰和歌集·杂二的和歌：纵身山谷无人知，君是否熟悉，世上无名山。

二十二　右马头频繁催婚　致信兼家遭误会

右马头整日召唤助在身边，总是一起出门。右马头家有风趣的女绘〔一〕，助将其放到怀里拿了过来。我打开一看，画中一位女子身靠临水殿阁的高栏，正凝视着池中岛的松树。纸边写了这样一首和歌，贴到了画中女人的地方。

临池望松待君来，迟迟未见影，莫非情移心不宁。〔二〕

另有一幅，一位独居的男子正在写信，单手托腮沉思，边上写了这首和歌附上：

〔一〕女绘，日本平安时期的物件，主要面向宫廷贵族女性，绘出她们喜欢的和歌、物语中的情景等，富有情趣，以人物画居多。

〔二〕站在画中女子角度，用和歌写出女子的心境，其中松树（まつ）与等待（まつ）双关。

风吹散蛛丝，情书亲笔各方递，往处皆不知。

我看后让助拿着还了回去。

右马头还是与以前一样不断写信来催促，希望我们尽快与孩子父亲商量。我也想让右马头看看那位的回复，于是给他写了信：

对方总是如此写信催促，已经苦于应付。

他回信到：

日期明明已经说好，他为何这么着急？周围传闻八月之前是你那边在盛情招待，这才是让我怨恨叹息的呢。

我想着他应该是开玩笑吧，但是他总写信过来这样说，于是我给他回信：

不是我在催促，是右马头大人反复提及。我已经告诉他『本不是我能答复的』，但他还是这样来催促，我实在无法忍受了。另外，您说我在盛情招待，究竟是什么意思呢。

马不喜枯草，如今草荒又年老，谁还愿近靠？

算了，实在厌烦。

右马头依然希望这个月能如愿相见，不停催促着。最近与往年不同，杜鹃叫声非常尖锐，似乎穿屋而鸣，被认为不吉利，周围的人都在议论着。我在给右马头的信的一端写道：

每当听到杜鹃啼鸣不同往年，周围的人都感觉不安。

因为我表示很恐慌，所以右马头没有再写些诉私情的信来。助写信给右马头：

想借马的饲料桶用段时间。

右马头像往常一样送来信，在信的一端补充道：

请转告助君：『此事不成，不能借桶。』

我在回信中说：

桶槽直立，您的志愿也已立，如果借给我们，反而更加麻烦。

右马头再次回信：

您说『桶槽直立』，是希望今日或明日想将其卧放吗。〔一〕

〔一〕将桶槽卧放，暗指右马头希望与作者养女共卧。

二十三　给神社献奉纳歌　端午家里气氛谐

这个月即将过完，但是距离结婚的日子还比较遥远，因此右马头好像灰心了，久无音信，时间来到五月。四日，雨下得正大，助那里收到一封信：

如果雨停了，来我这里一趟，有事相告。请转告令堂：深知是宿世因缘，不再多言。

右马头总是这样将助叫了过去，又没有什么特别的事，说些莫名其妙的话再让他回来。

这天，尽管雨如此大，但是同住一府的人要出去参拜。我想着也没有什么不便，便决定一起前往。侍女来到我身边小声说：『听说缝制件和服然后敬献给女神比较好。夫人缝一套吧。』我说：『那就试着缝一下吧。』然后我缝制了三件固花绸布的玩偶穿的和服，又在每件和服的前底襟写了和歌，当时我为何要写下这样的和歌，恐怕只有神知道了。

白衣献神灵，诚祈夫妇情，甜蜜如初似曾经。

唐衣献神灵，诚祈赐良方，能让夫君随我想。
夏衣献神灵，虔诚信神明，期盼神明能灵验。

第二天是五月五日，拂晓时，听到兄长从外面进来。他问道：『怎么了？为何不早点铺好今日的菖蒲？应该晚上提前准备好的。』于是下人们起身，开始往屋檐上铺菖蒲。听到声响后，侍女们也起身，支起格子窗，开始忙碌。兄长说：『暂时别把格子窗支起来，先废点心思把菖蒲装饰好吧，这样看起来更好看。』因为大家都起床了，家兄便各种指挥着让人装饰。昨日风吹散了云，现今又吹了起来，菖蒲的香味随风飘散在空中，特别有情趣。我跟助两人坐在缘廊上，整理家里采集的所有草木。我说道：『做个不一样的香包吧。』然后马上开始做。这时，我听到有人大声说：『有成群的杜鹃停在茅厕的屋檐上。』这种情形现在已是常见，虽然还是那熟悉的啼鸣声，但是听到它们飞过空中时的两三声鸣叫，我感到很有趣味。大家都认同和歌所吟：今日山杜鹃，鸣声甚更欢〔一〕。在场的人逐渐吟歌闹腾起来。右马头大人送来信：

〔一〕引自古今和歌六帖·第一帖的和歌：今日山杜鹃，鸣于菖蒲草根旁，鸣声甚更欢。

想去参观骑射比赛的话，一起吧。

助回复说：『一起去吧。』然后对方派使者来频繁催促，助出了门。

二十四　右马头把婚事催　因丑事婚事告吹

第二天一大早，右马头人没来却送来信：

昨日贵府好像在吟咏和歌，非常热闹，我便未去打扰。现在你方便的话，过来趟吧。

令堂总是态度冷淡，我也无话可说了。但是只要命还在，总有一天能成婚吧。如果死去了，即使心里还爱慕着你家小姐，也无济于事了。算了，此话勿告他人。

又过了两天，一大早他便传话给助，『有急事相告，可以前来府上吗』？我对助说：『快去吧，如果他来这里，我们不是毫无办法吗？』我赶紧让助出了门。助回来后，还是以前的说法，说他没什么要事。又过了两天，右马头又早早送来信：

有事相告，请来一趟。

助回话说：『马上前去。』但是过了会儿，开始下起大雨，一直到晚上也没停，出不了门。助说：『无心之事啊，起码写封信告知他吧。』于是，助写道：

被大雨所阻，实在为难。

一直往来繁，中川水涨渡河难，君在对岸只能念。〔一〕

对方回复：

〔一〕我们的关系（わがなか）中的『なか』与中川（なかがわ）的『なか』双关。

如若不见思恋苦，索性一同住，助我渡川去贵府。〔一〕

书信往来中，天完全黑了。雨停后，右马头本人来访了。跟以前一样，他总说着他迫不及待订婚，我只得回复说：『您还说什么掰着三个手指，现在一个手指还没能掰完，时间会很快过去的。』对方又说：『那又如何呢？我总觉未来充满变数，灰心低沉后，如果再要延期，可能会把手指掰断吧。我真想设法把大人日历本的中间部分去掉，缩短时间。』我觉得他说的特别有意思，附和着说：『还是让大雁早早归来鸣秋吧。』说完对方也爽朗地笑了。

我想起那一位说我盛情招待，又说：『讲认真的，这非我一人能定，催促大人又很难。』『此话怎讲？能否先把此事讲清楚？』他连问了好几遍。我很想让对方明白，但是又很难讲出口，便将前几天他给我的信拿出来，说道：『其实不该给您看的，只是希望您能明白，催促大人是件让人为难的事。』我将不适合他看的内容撕了去递给了他。他接过后移到缘廊台上，借着朦胧的月光看了好一会儿，回来后将信还给我说：『周围昏暗，我看不清楚，加上信纸带有墨色，更无法辨认，白天再来拜读吧。』『还是销毁吧。』『还请再保留段时间吧。』他一副一眼也没看到

〔一〕右马头表面以恋歌的形式回复右马助，暗含的却是对作者养女的恋情。

书信内容的样子，只是说：『一直牵挂的婚期也将临近，也有人劝我说该慎重了，我不管遇到什么事都觉得担心呢！』有时候我听不清他在说什么，好像在悄声吟和歌。『明日早上，在下有事需去趟官府，然后再来拜访，告诉助君具体事情。』说完他便离开了。

次日，我看到昨晚给右马头看的那一位的信还在枕边。我记得撕掉了一部分才给他，此时竟发现这封信撕掉的地方还在，我觉得奇怪。原来，我在给那一位写回信，思考『马不喜枯草』的和歌时，用他的来信空白打了草稿，错把这部分撕下来给了右马头看了。一大早，助就收到了右马头的信：

因患感冒，不能如约前往拜访，午时左右来趟我这里吧。

助想着概是跟以前一样没什么大事，便未出门。于是右马头又给我送来封信。

我比以往都着急，想给您写信，婚事之前在下都会慎重。昨晚的信实在难以看清，深知您特地向大人提及会有难处，还望有机会能帮忙劝说。想到我这命运不安，不知接下来又将如何，不免心悲。

他语气比以往郑重，写得满是可怜。我觉得没必要回信，也不能每次都回信，于是没回信。第二天，我还是觉得他有些可怜，不回也不像个大人样，又写了回信差信使送了去。

昨日，有避忌，加之天色已晚，或许被认为『疑似有心思』[一]，也不为何，只是文笔迟滞，便等到现在。您希望有机会时我劝说大人，但如今已是无那机会。拜读了您有些痛苦的信，深表理解。您该不会认为信纸的颜色白天也难辨吧。下次，白天给您看。

正好右马头家请了好多法师，人多嘈杂，信使放下信便回来了。第二天一大早他送来信：

因有僧人来宅，加之天色已晚，信使亦已回去。

[一] 古今和歌集·恋四的和歌：飞鸟川不息，淤淀暗流急。他人疑似有心思。

叹息把日经，杜鹃飞离卯花荫，忧愁身削如薄影。〔一〕
究竟是为何。昨夜慎行了。

我回信：

昨日给我的回信中也如此信所写，为何要这样谨慎呢？我有些不解。
为何如影瘦，杜鹃不藏花枝头，听闻君亦不隐愁。

然后我用墨将这首和歌划去，末端补写：

您如今慎行不再前来，还感觉缺少了点什么呢。

后来右马头写信来说：

〔一〕卯花（うのはな）的『う』与忧愁（う）双关，荫（かげ）与影（かげ）双关。

左京大夫〔一〕离世。

服丧期间，更该慎行，一段时间内还需闲居山寺，所以他只偶尔写信过来，不知不觉六月逝去了。

到了七月，离约定的八月越来越近，但是我照顾的女儿却依然像个孩子，我特别焦虑，不知该如何是好，要考虑的事情多了，自己的忧愁竟全然忘却了。到了七月中旬，右马头好像很兴奋，心里还在指望着我。但是有侍女告诉我：『听闻右马头大人将他人之妻带走藏匿到某处，世人都在议论他做的过于荒唐。』我听后竟然松了口气，本一直在发愁，七月即将过去该如何向他交代。但我也是不明白右马头奇怪的心思，概是没在想婚事了吧。后来右马头来了封信，我打开一看，其语气竟好像是我先问了他：

〔一〕左京大夫藤原远基，为藤原兼家的异母弟弟，是右马头藤原远度的同母或异母弟。

哎呀，连我自己都意外。想必您已有所耳闻，本人发生了一件意外之事，自知不能按照约定会见贵府小姐了。还想说的是，跟助君的交情与此事无关。久未问候。

我回复：

您说的『意外之事』指的是什么呢？您还说『与此事无关』，看来并未忘记啊，那我就放心了。

二十五　八月流行天花毒　道纲幸运得康复

八月，社会上流行天花，引发骚乱。二十日左右，传染至附近。右马助也不幸染病，我们无计可施，甚至想要通知一直杳无音信的他。我更是焦急万分，手足无措。我想着不能总这样，便写信告诉了他，结果他回了封不痛不痒的信，只派使者口头上问了问病情如何了。想到连平时没有那么亲近的人都来看望，我更加无法安心。右马头虽然脸上挂不住，但频繁来看望。

九月初，助的病终于好了。雨从八月二十几日开始一直下到这个月，周围一片阴沉。中川似乎要与贺茂川合流，我的房子也似要被冲走。社会上弥漫着悲寂的氛围。门前的早稻尚未收割，趁着偶尔的天晴，大家终于收好制成了炒米。

助大病初愈后第一次外出那天在路上偶遇了之前通过信的那位女子〔一〕。不知怎么回事，车毂相刮，引发了麻烦。第二天，助写信过去：

昨晚，完全不知是你。
年轮不停息，未想车轮会相遇，尚有偶会日。

对方读了后，在信末端用司空见惯的笔调写道：

不是我，并不知情。

〔一〕住在大和的女子。

字迹潦草，看来还是无心。

二十六　太政大臣〔一〕赠和歌　引己和歌惹人惑

就这样到了十月。二十几日，我因为避忌暂居别处，在那里听说，一直厌恨的那个女人〔二〕产子了，大家都在闲言。我当然非常愤恨，想着不可能就这样假装不知，但还是尽量不放心上。到了晚上，点上灯，正在用餐，家兄过来了，他从怀里取出一封信。此信用陆奥国的信纸所写，折成结文〔三〕样式，插在一枝枯萎的芒草上。『哎？这是哪位送来的信？』『你自己看看吧。』我打开后在

〔一〕太政大臣，指藤原兼通，藤原兼家的同母兄长，当时住在崛川院，权压兼家。据史料记载，兄弟不和。

〔二〕指近江。

〔三〕结文，日本古时情书常用此法，后也用于正式书信。将卷叠成细长条的书信中间或上端系结，在系结处划一道墨迹以示标记。

灯光下读了起来，跟我讨厌的他笔迹非常相似。

『马不喜枯草』之后，过得如何？

经霜枯草惹人怜，枯草间有缘，切想返青有马伴。〔一〕

让人心酸啊。

他竟然用了我写给那一位但是又后悔了的七个字，真是让人奇怪。『这究竟是怎么回事？这不是来自堀川殿的信吗？』『的确是太政大臣大人的信。大人的某位贴身随从将信送到你住处，听说不在家后，嘱咐务必交给本人，然后放下了信。』『我无论如何也想不明白，为何写给那位的和歌，这位大人会知道。〔二〕我想找个人问下究竟怎么回事，传统的父亲听后担心地说：『真是

〔一〕引用了前面二十一节部分道纲母曾写给兼家的和歌『马不喜枯草』。太政大臣将自己也比作枯草，称与同自喻为枯草的道纲母有着缘分（ゆかり），既指表面的兄长与弟媳的伦理关系，也有男女缘分之意。最后一句，既指草只有返青才有马靠近，又暗喻我也想重返年轻，让你亲近相伴。

〔二〕根据信被撕错的叙述推测，可能是右马头藤原远度透露的。右马头当时受太政大臣庇护，因兼家拒绝，远度对兼家有意见，加之藤原兼通与兼家兄弟不和。

不胜惶恐。赶紧写回信，让那位送信的贴身随从带回去吧。』于是我写了回信：

马踏筱来荒草远，草枯马不顾，已被遗弃森下孤。〔一〕

现在看来写得真是粗劣，实属应付。听侍女说：『听闻这位大人原本要再回一首返歌，但是咏到一半后说「下一句还没想好」。』过了好久，还是没有下文，此事挺有意思。

二十七　为儿子联系兼家　节祭久违睹身姿

后天将是贺茂祭的临时祭，助被紧急召为舞者，关于此事，那位竟来了信，问准备得如何了，并派人送来很多必需品。助试乐那天，他写信来说：

〔一〕第一句，荒草的『荒』（あれ）与表达疏远离开的『離』（あれ）双关，暗喻即使藤原兼通想来靠近道纲母，关系也只会越来越远；第二、三句的马指兼家，森下指自己，森林地面满是枯草，已经没有马光顾，也用此来回应兼通的询问『「马不喜枯草」之后，过得如何』。

因有秽无法出仕，也不能前往宫中，请假在家，想去你那里帮忙照料、送行什么的，又想到你也不会靠近我，不知为何，真是特别担心。

读罢我心碎欲裂，现在再来又有什么意义？思虑再三，我对助说：『赶紧整好装扮，去你父亲那里。』我催促儿子快去，送走儿子后，却马上抑制不住地泪如泉涌。他在助的身旁，指导着助练了遍舞，才让助进宫。

贺茂祭当天，我特别想观看，于是出了门。我见道路北侧停着一辆并不特别起眼的槟榔毛车。那车前后都拉着帘子，前面帘子下方，好像露出一截袖子，那红色绢布上织有紫色图案。我想着该是辆女车吧，不料这时，从车后侧对着的家门中，威风凛凛地走出一位腰佩大刀的六品官员，然后跪到车前不知在说着什么。我觉得奇怪，再留意一看，原来那位六品官员走过的车旁，还站着多位身穿绯红色外袍的五品官员以及身穿黑色外袍的四品以上官员，数都数不过来。有侍女说：『仔仔细细看了一遍，发现有多位见过的人，那是大人的车。』仪式比往年结束得早，上达部官员们的车子与徒步的侍从们经过时，看到这里聚集着一群人，可能都认出是那一位的车，都停在那里，将车向前停在同一个地方。我一直挂记的儿子虽然被紧急召去做了舞者，但他的侍从们看上去也都衣着光鲜。上达部的官员们亲手将水果什么的送给那位并交谈着什么，连我都觉得脸上增光。我那位保守的父亲因为身份所限不能靠近上达部旁边，只能混在头插棣棠花的陪从队列中，他特地让人从人群中将父亲叫出，拿出家里的酒。看到父亲端着酒杯，我也只有在那一刻，感到了满足。

二十八　道纲信通八桥女　频送和歌叙心意

有热心之人对助说：『不能总单身吧。』牵线了一位女子与之通信，女子好像是住在八桥附近。助的第一封信：

葛城山居一言仙，倘能显灵验，助我一言心意传。

那边没有回信，助便又写了一封：

八桥路多如蛛足，莫非回信途中迷，期待落空寂。

这次对方回信：

八桥路不通，信阅又何奈，不能相见莫期待。

信是让擅长和歌的侍女写的。另外，助又回信：

为何会有路不通，追寻芳迹始信通，切盼他日逢。

对方回信：

此道非蛛足，恍若云路不留迹，来访亦为徒。

助好像不甘示弱，再次回复：

空中云有梯，不会空叹息，可借云梯追芳迹。

女子回：

空中云梯危，纵使据信寻迹追，亦不相见莫期待。

助再回复：

云路尚有鹤下凡，羽翼相助赴云天，切等定相见。

这次对方说『天已黑』，便没有再回信。

到了十二月，助再送信：

孤枕独眠几经年，未曾如此泪湿衫，
思念盼相见。

对方回复『外出不在家』，没有回信。第二天，派信使去取回信，女子只写了『已读』，系在一卫矛树枝上。助收到后立即回复：

侧脸不理[一]关系远，已读二字显冷颜，吾心急且寒。

[一]『そばむ』为不理不睬、扭脸不理之意，其中『そば』与卫矛树的日语发音『そば』双关。

女子回复：

直入云霄高山松，立于陡崖〔一〕色常葱，本就难靠拢。

今年的立春在年内，因此助派人传信：

立春前夜，方向避忌，可来此处。

并附和歌：

岁内立春至，心意望被知，急盼相见诉相思。

对方没有回复。助再次派人传信：

〔一〕八桥女子的返歌中，自比为远在云霄的高尚松，也运用了悬崖（そば）与卫矛树双关。

仅是一夜，望来此处过。

附和歌：

如此空等一年逝，不待新春至，便因相思绝气息。

这次对方还是没有回信。正奇怪为何她会这样，便听说那女子有多位通信的男子。原来如此，助又送和歌：

倘若未曾把我待，为何引我赴松山，还望勿相负。

女子回和歌：

既未引君赴，也未把君负，浪匀拍岸度流年。

年关将近，助送和歌：

浪波心清冷，流年不变不止松，另有痴心把君等。

女子回复：

松能经千年，只等一年倘嫌难，何言情久远。

助觉得奇怪，不明白为何她这样说，又在一个刮大风的日子送去和歌：

大风狂吹思绪乱，大海波浪定澎湃，吾心更不安。

收到回复：

该写回信的人今日正专心于其他事。

笔迹不同于以往，系在一枝只剩一片叶子的树枝上，或许意味着这是最后一封信。助立刻提笔回复：

实在令人心痛。

附和歌：

吾心恋汝素专情，却收单叶即欲零，深叹心难宁。

二十九　岁暮回顾人生路　日记搁笔余生续

今年并无特别恶劣的天气，仅仅下了两场雪。我们忙着为助准备元日以及白马节会所穿的装束，不觉间已是岁暮。交代侍女们准备明日元旦犒赏、赠送所需衣物，她们又是折又是卷地忙碌着。我仔细一想，自己竟如此长命，能活到今日，实属意外。我看他们做着祭魂仪式，又如往常一样陷入无尽的沉思。又是一年。这里位于京城偏郊，夜深后，才听到驱鬼祈福的人们转到这里来敲门。

译后记

蜻蛉日记作者藤原道纲母把生活中的和歌、信件、纪行、记录性日记等作为素材，将假名散文与和歌韵文并融，以独特的日记体形式进行自我表述，酿出古典文学的缕缕清香。后世的读者可以感受到其中哀怨的男女情愁、细腻的心理刻画、流转的四季情趣，也得以体察当时的人情世故、社会风尚。蜻蛉日记开创了女性用假名散文体日记抒发自我的道路。以蜻蛉日记为代表的平安时期女性日记文学作为一种独特的文学形式，不仅在日本文学史上占有举足轻重的地位，在世界古代文学史上也是独树一帜的。

蜻蛉日记作为事实上的第一部女性日记，具有极高的完成度。读博期间，我被这种独特的叙事文体所吸引，围绕以蜻蛉日记为代表的平安时期日记文学的叙事特征进行了些许研究，集成果于小书回忆·自我·书写：〈蜻蛉日记〉叙事艺术研究（2021年，中国书籍出版社），对文本的叙事特征做了深度研析。研究过程中发现，同为平安时期贵族女性创作的古典文学名作，源氏物语、枕草子有不同出版社的多个译本，而蜻蛉日记却仅有林岚的版本（王朝女性日记，2002年，河北教育出版社），文中存在多处与原文意思不符之处，和歌的翻译格式不一，而且目前市场上此书已经绝版，因此萌发重译此书的念头，尽管有不自量力之嫌。博士课题的展开，需要不断细读文本，不仅要熟悉文本内容，还需要查阅大量资料来了解作者的创作背景、作品的时代背景等，这为翻译此书奠定了扎实的知识基础。靠着内心的喜爱、对文本的熟悉、对资料的掌握等前期铺垫，我开始着手翻译，期间几度搁笔，几经修改，最终完成了蜻蛉日记的翻译。终于要付梓出版之时，听闻市场上又出版了施旻的译本（紫式部日记，2021年，重庆出版社），可见日本古代日记文学作品愈发受到关注。

本译本以日本小学馆的新编日本古典文学全集中所收蜻蛉日记（2000年，木村正中、伊牟田经久校注）为底本，同时参照了新潮社日本古典集成的蜻蛉日记（1982年）以及岩波书店的日本古典文学大系中所收蜻蛉日记（1957年）等版本。不同版本的古典文学作品难免在个别语言表述上存在细微差异，考证与研究不是本书主要目的，故遇有异议之处，未一一详述学界见解，根据情况择取其一，并不影响整本书的阅读体验。另外，蜻蛉日记原文只分卷宗，不分章节，为便于读者阅读，本书依据参照的小学馆校注本划分了章节，并结合叙事内容附以自译标题。毕竟是距今千年的异国故事，对于文中出现的一些难以理解的词汇表述等，通过注释适当予以解释，又尽量避免过度注释，以免有喧宾夺主之嫌。

和歌作为男女赠答与自抒胸臆之物，是平安时期贵族男女生活中不可缺少的一部分。作者藤原道纲母还是平安时期『三十六歌仙之一』，其和歌极负盛名，因此蜻蛉日记正文主要以假名散文体记事，同时融入261首和歌，从形式与性质上分为赠答和歌、独咏和歌、奉纳和歌、屏风和歌。和歌既承担了叙事交流的实用功能，又承载了作者的情感，增添了文学色彩，散文体促成了叙事的完整性与连贯性。翻译界有所谓诗歌『不可译』论，文中和歌的翻译是本书的难点所在。既要体现和歌的『五七五七七』体裁特点，兼顾字数、尾韵、修辞等，也不能脱离原文歌意而擅自加译、补译、漏译。林岚译本对文中和歌的处理，语言形式不一，存在五言两句、七言两句、七言四句、自由释译等，一些枕词、双关等修辞未能完全呈现，施旻的译本采用了两句汉诗的形式。本书借鉴了王向远等学者对日本和歌的翻译方式，在形式上统一采取了三句『五七调』译案，既保留和歌不同于汉诗的歌体特点，又在内容上尽量贴切原文。另外，因为和歌是韵文，所以翻译时尽量体现和歌原有的『调』，译文做到至少两句押韵，实在难以实现的未强行统一。语言措辞上，作为现代人不可能做到全用文言古诗，但也尽量体现古典诗文的『古风』雅，避免使用过于现代的俗语、流行语等，但又不追求深奥，避免晦涩难懂。和歌中一些富有技巧的双关修辞看似语义不通，可能会影响理解，所以加以注释。同时，也尽量避免过度注释，以免影响读者阅读体验。另外，蜻蛉日记卷末附有道纲母的和歌集，收集了日记中未入的50首和歌，被认为是他者编纂，与日记内容无直接关联，因此未纳入本书翻译范围之内。

蜻蛉日记自然描写生动唯美、心理描写细致入微，清新的文笔中流露出淡淡的哀感。读者不仅可以轻闻作者絮语，一同感受千年前贵族女性的喜怒哀乐及风雅情趣，还可了解到当时的一些历史事件、服饰描写、社会风尚等，既具有文学鉴赏价值，又具有史料价值。谨希望此书能为喜欢文学尤其是散文文学、日记文学、日本古典文学的爱好者以及对日本王朝贵族生活感兴趣的读者提供一种中文译案，也希望能为文学翻译领域的学者提供翻译案例。作为翻译新手，在翻译实践中，难免会有顾此失彼之处，翻译虽已结束，却不能心安，还望诸位读者批评指正！

楚永娟　谨记

2021 年 5 月